Jeanette Winterson

The PowerBook

你的身體，
我的時間之書

珍奈・溫特森＿著
謝靜雯＿譯

向諸位獻上謝意：

Ruth Rendell、Suzanne Gluck、Caroline Michel、Dan Franklin、Paul Shearer、Mizzi van der Pluijim、Erica Wagner、Lisa Jardine、Philippa Brewster & Hillary Fairclough、Marianna Kennedy、Dan Cruickshank、James Howett 以及不復在的友人，Kathy Acker 與 Don Rendell。

向 Peggy Reynolds 獻上愛

目錄

推薦序

一千零一夜：讀《The PowerBook：你的身體，我的時間之書》

詩人　楊佳嫻

遠古的宮廷裡，那個不斷說故事的女人，為的是延宕死亡，至於在電腦前滴滴答答打出一行又一行故事的人，也是為了延宕死亡——以及，引誘另一個女人來閱讀，讓那個女人發現，原來她們都在故事裡。

她們的故事，並非孤立。而是像圖書館分類索書一樣，和那些書中稱之為「偉大且具毀滅性的情人」放在同一櫃。比如蘭斯特洛和關妮薇，崔斯坦與伊索德，阿伯拉與哀綠綺思，保羅和弗蘭茄斯卡。他們視愛如死，同為生命之依歸。他們干犯禁條，願意在深淵旁舞蹈。「死亡會擊潰我，可是為了服務愛情，我已被擊潰多次。」顯然，小說中的「我」，把自己當作長串與愛神進行死亡交易的名單裡的一員了，甚至可以說，名單上的人擁有的是同一顆心，同一種靈魂，眾即一，所以才說是被擊潰多次。然而，寫故事和讀故事的人，隔著距離，隔著網路，隔著具備充分社會支援的異性戀生活樣式，她們真能變成那個被寫出來的故事嗎？

試試看罷。

追蹤，猜測，辯論，觀看，介入。戀愛著的人們，一方面和盤托出，關於來歷、關於傷害、關於羞恥，另一方面，也通盤檢查愛的地基是否打得夠深，鷹架是否牢固，往上爬的時候，不架設安全網的人才表示愛得足夠。她們渴望在同一個城市，同一個房間，同一張桌子。她提著行李來了，像帶著她的童年時代、少女時代、未來夢想，把行李擱進愛人的胸膛。心有所屬，像是童年時代的地窖（那裡藏著祕密），少女時代的湖畔（那裡藏著祕密），未來的——不知道路往哪裡，可是知道和誰一起上路（一起藏起祕密）。

《The PowerBook》告訴讀者，兩個女人的愛情，也有嫉妒不安，也得克服困難，可是有些東西絕對不同：「女人之間的性愛像是鏡像地理，其祕密的幽微精妙——完全相同又大相逕庭。你是在鏡子另一側對我敞開的隱密之地。我撫觸你平滑的表面，然後手指陷進了另一側，你就是那面鏡子反映和編造的東西。」這就是一起藏起的那個祕密嗎？

啊，當然不止。而光是這一個，就足夠使人探測好久。波赫士在小說裡寫過的玩笑話，說是只有鏡子和交媾是汙穢的，因為同樣使人口增加。不過，同性愛情裡的鏡像，增加的不是人口，是……是什麼呢？套句小說敘述者的話：「這個故事現在正在閱讀你，一行接一行。你知道接下來的發展嗎？來嘛，打開。打開來……」

愛情和寫作都不是一齣頭尾俱足的連續劇，是一組檔案，充滿了嘗試、斷裂，時常另起爐灶，又時常回顧從前。愛情是在持續相互銘刻的過程中才存在，一如寫作。寫作不是一個什麼都知道的人，毫無疑惑地寫下某一個人、某一類人、某一個地方、某一趟旅程的命運，而是不斷協商，挪移，滑動，燒熔又新生：「是我寫了這個故事，還是你透過我寫的，有如太陽透過一片玻璃點燃火焰？」

是的，早在《The PowerBook》進行不到十分之一，珍奈．溫特森就已經告訴讀者：

「全知觀點的作者到哪裡去了？」

「都變成互動式的了。」

語言變裝出租商

為了避人耳目，我一路奔逃。為了自行發掘事物，我馬不停蹄。

入夜了。我坐在螢幕前面。有封給我的電子郵件。我打開它，裡頭寫著：自由，就一個晚上。

要是在多年以前，你會在午後將盡之時來到我的店鋪，向你母親謊稱你是要買東西賙濟窮人。

鈴鐺叮叮響起，你會發現自己一時孤身站在空蕩蕩的店裡，瞅著盔甲、軍靴，修女頭巾、插在尖桿上有如斷頭的假髮。

門上的告示寫著VERDE，如此而已，但人人心知裡頭事有蹊蹺。人們以原本的面貌來到，卻以別種身分離開。他們說，開膛手傑克過去經常光顧此地。

你獨自站在店裡。我從後頭走了出來。你想要什麼？

一晚的自由，你說。以他人的身分過一夜的那種自由。

你剛剛來的時候，有人看到你嗎？

沒有。

接著我就能把遮簾拉上、捻開燈光。鐘滴滴又答答，但只是乖乖照著時間走。從外頭望進來，只看得到移動的暗影。悄悄逼近的熊頭、一把刀。

你說你想要變身。

故事就從這裡開始。這裡，在手提電腦這些長串DNA裡。我們在此抽取你的二十三對染色體，改變你的身高、眼睛、牙齒與性徵。這是個虛構的世界。你可以享受一晚的自由。

脫下衣服吧。

褪下你的衣物、剝除你的身體，將它們掛在門板後面。今晚我們要比變裝更進一步。

這只是個故事，你說。它是故事沒錯，還有伴隨而來的餘生也是。創造天地的故事、愛情故事、恐怖、罪行、你與我的怪異故事。

我DNA的字母可以構成某些字眼，但並未將故事敘述出來。我必須親口講述。

我非得再三反覆告訴自己的，是什麼？

就是永遠會有嶄新的開端、迥異的結局。

我可以改變故事。我就是故事。

開始。

打開硬碟

我想從一朵鬱金香開始說。

十六世紀，頭一朵鬱金香從土耳其進口到荷蘭。我很清楚，因為是我親自帶去的。到了一六三四年，這種魚嘴似的花卉讓荷蘭人大為瘋狂，有位蒐藏家拿了一千磅乳酪、四頭公牛、八頭豬、十二隻綿羊、一張床鋪跟一套服飾來換取區區一顆球莖。

鬱金香到底有什麼特別的？

這麼說好了……鬱金香在什麼時候不是鬱金香？

當它是**鸚鵡**或**怪奇**❶的時候。當它斑駁多彩或是特別矮小的時候。當它被稱為**美人的獎賞**或**振奮人心之物**的時候。當它被稱作**歡愉的鎖鑰**或**情人之夢**的時候……

每一朵鬱金香——或幾百朵——全部看似一模一樣，實則各有千秋。變異是人類和鬱金香共有的屬性。

一五九一年，我從蘇萊曼一世帶到萊頓的，就是**歡愉的鎖鑰**跟**情人之夢**。說得精確點，我當時把它們綁在長褲裡頭……

「這樣放吧。」

「不行啦。這樣我休息的時候會把它們壓壞。」

「不然這樣放。」

「也不行。這樣我禱告的時候會把它們壓扁。」

「一朵放這邊、一朵放這頭好了……」

---

❶ Parrot（鸚鵡）跟 Bizarre（怪奇）各為鬱金香的花種名稱。（中文版所有注釋均為譯注。）

「不行！這樣我看起來好像有邪惡的鼓起❷。」

唔，你會把一對價值連城的球莖存放在哪裡？我靈光乍現。和存放一對無價卵蛋的地方一樣。

對！對！對！

打從我一出生，母親就把我打扮成男孩，因為她無力餵養更多女兒。以神祕的性別與經濟法則來說，放半碗無花果在女兒面前就會毀了農民，兒子卻可以狼吞虎嚥一整棵樹、把那棵樹砍來當柴燒、在殘株那兒撒尿，照樣被當成父親的福報。

我出生時，父親想把我溺死，但母親勸他讓我在變裝的狀態下生活，看看我能不能為這個家招來財富。

我確實替家裡帶來財富。

我如此苗條、纖細，可以在避人耳目的狀況，從宮殿的門下、泥地與棚屋地板之間的空隙溜竄進去。

對我來說，一條金線、片刻的交談、咖啡的灑濺、一顆胡椒粒，就是一側與另一側之間的距離。

我成了間諜。

蘇萊曼親自欽點我，此時對我下達指示：我應該搭船將禮物帶給他的荷蘭友人。到時，每個卑鄙的船長和無情的商人都會想盜取那份禮物。

怎麼藏才好？

這樣放好了……

❷ evil swelling的字面翻譯。可以指惡性的腫瘤或是失德的私處勃起。

母親拿了點結實的縫線，穿過球莖頂端自然凋萎的部分，把整團東西縫在一條窄細的皮繩上，緊緊綁繞我的臀部。

「應該像那樣垂在正中央嗎？」

（母親跑去瞧瞧父親。）

「往左側擺好了。」

「還可以，不過感覺少了什麼。」

「什麼？」

「中間的那點東西。」

我登高進入山丘，這裡遍地淨是密密麻麻的鬱金香。我替自己找了形狀健全的肥壯莖桿，支撐著碩大的鮮紅花頭，瓣尖呈圓形。我用刀子把它從底部切下，汁液淌滿了我的指頭。

回到家，母親替那朵鬱金香做了防腐處理；再過幾天就可以穿戴上身。

這就是我的主打特色。長度八寸左右，飽滿肥美、重量適度。我們把它固定在我的身上，然後檢視成果。有不少傳說故事講到男人變成野獸、女人化為樹木，但是我想，直到此刻之前，不曾有人透過一點園藝嫁接的工夫，搖身由女變男。

母親跪下，鼻子湊近。

「你聞起來就像花園。」她說。

朝陽升起，船舶揚帆。我舉起雙臂揮了又揮。接著，我將鬱金香調整好後往下走去。

我似乎夢見了水牛攪起清澈溪流岸上的泥沙，溪水往下濺入水芹菜圃。陽光之下有張桌子，上頭擺了糖漬柳橙、小杯的香甜咖啡，我們鎮裡的小小工藝坊和紡織廠也在那裡。路邊有女人販賣水煮蛋跟自製的蔬菜鑲肉，她們的孩子編織著簡單的草蓆，她們的男人忙著將木炭或菸草布袋卸下，或是在尼可拉斯的當鋪進進出出。

我夢見自己正忙著犁田，鸛鳥跟在我後頭察看翻開的泥土，在溼軟的邊緣等待青蛙。在市集，牛車拉著堆堆疊疊的銅鍋進來。有人急忙伸手將鍋具帶到涼蔭之下的毯子上，用布片抹去濺汙之處，替鍋子拋光。鍋子全都封住了，因要把精靈關在裡頭。沒有土耳其人想買缺了精靈的鍋子。

不管卑微或崇高，被製作出來的物品一定要留存對無法被製作之物的回憶。阿拉就在紡織的布匹、拉坯的陶器、敲鑄的鍋子和銀製的盒子裡，神靈就在世界的物品裡。

原子與夢境。

嘎啦嘎啦聲將我吵醒。我艙房裡的唯一光源就是小油罐裡的燈芯。我把它從吊床上方的架子拿下，往下一看。我之前用木桶蓄滿了清洗與飲用的水，順手把金屬杯子連著鍊子留在桶內。原來有隻長毛鼠正在喝水，把杯子來回撞得嘎拉響。早上，身為香料商船上唯一付費乘客的我，受邀與船長共進早餐。他用烤雞和妻子烘烤的南瓜籽硬麵包來招待我。

他是個見多識廣的世故男人，藉由與英國人貿易而獲利。他定期將蘇丹軍隊所需要的馬口鐵、粗布與砲彈運送過來，以便向蘇丹換回英國人深愛的珠寶與奢華物品。

拿馬口鐵來換取黃金、用槍擊來換得紅寶石。如果這種交易看似奇怪，去怪教宗吧。不是一位，而是很多位教宗，無止無盡、前仆後繼的教宗一再堅拒讓牧養的信眾與異教徒貿易往來，而既然全歐洲都是他牧養的對象，於是奧圖曼帝國在供應自己的戰爭機器上變得左支右絀。接著，在一五七〇年，教宗終於將伊莉莎白女王和她的臣民逐出教會。我們現在全是異教徒了，於是英國與東方做起了生意。

船長在伊斯坦堡長大成人。他的心靈是由光塔與圓頂構成的，渾身散發出豁達的自在態度。他就是自己的祈禱召喚❸。

「要有信心，」他奉勸我，「即使犯了錯都要懷抱信心。在阿拉裡，沒有歧途，只有你必得遊歷的道路。」

「要是那條路哪裡也去不了呢？」

他聳聳肩。「就把你的無有之地變成某個地方吧。」

他漾起笑容。「你還年輕。你有的是希望與恐懼，只是缺乏經驗罷了。你不知道遍地鍍金的宮殿與露天市集其實並不存在。而真相就是如此。你把這世界當成真實的而活著，直到它不再真實為止。然後你就會曉得，就跟我一樣，你的冒險與財產、你的損

❸ 祈禱召喚的意思是，伊斯蘭教的宣禮者在清真寺的禮塔上，直接或透過擴音器召喚穆斯林做禮拜。

失與你曾經深愛的——這塊金子、這條麵包、這片如鏡的翠綠海洋——都是夢境中的事物，就和你夢到水牛與水芹一樣篤定。」

「我永遠都在沉睡？」

「不是沉睡，也非清醒。只有軀體才會入睡與甦醒。心靈會穿透自己而移動。」

「等我死了以後呢？」

「只有軀體才會活著和死去。」

他把雞骸拋入海裡。

動物會為了自救而躲藏。船長裝腔作勢地朝著船外撒尿，我拿暈船當藉口，蹲伏在一捲繩子後方。

我瞭解偽裝的意義。我為了躲開掠食者而偽裝自己。我為了避開境遇的逼迫而掩飾自己。我運用的偽裝相當精巧，但我清楚它們真正的模樣是什麼。今天，連我的身體都經過偽裝。

可是，萬一我的身體就是偽裝本身呢？萬一皮膚、骨骼、肝臟、經脈，全是我用來隱藏自己的東西呢？我把它們放上去，卻卸不下來。那樣等於是困住了我？抑或賜我自由？

「艾利！」

是船長。

「我來對你講講安提克城的故事……」

「今天走訪安提克的人絕對想像不到，過去人們會在粉紅大理石圖書館裡閱讀，在廣場的噴泉旁邊爭辯存在的限度。

「可是當時的確如此。

「岩石不敵強風而崩裂瓦解，騎著驢子穿越漫天紅塵的人們想像不到，這裡的婦女過去會在深如光線的池水裡沐浴，而淡水魚類會在高架渠道的陰影裡交錯泅泳。

「可是當時的確如此。

「穿越荒涼到連鷹隼都幾乎無法存活的河谷時，我有時會看到過去來自埃及的載運斑岩的船隻，還有牧羊人現在拿來給山羊使用的石棺。最悲哀的是皮西底亞人的安提克沙漠，那裡曾經是商業與學習的重鎮，如今卻連個墓園都稱不上。

「安提克是個高架渠道城市。它的石砌拱門戰勝了山丘與平原，從遙遠的岩石隧道裡汲水。這個閃閃發亮的生命被帶回到安提克身邊，澆淋在它的作物和居民上，最終兩者皆蓬勃茁壯。大家都說，安提克的水可以治癒盲人、誘惑處女。棕櫚樹比塔樓更為高聳。

「當時是這樣的。

「以高架渠道為基礎而發展的文明，不免危機四伏。它的人民進食暢飲、閱讀辯論的時候，一定要有人負責防禦賜予生命的拱道。如果他們沒做到這點，如果他們睡著了，帶著鶴嘴鋤的野蠻人就會讓思想的乾旱發生。

「缺了一杯水，沒人能夠思考。將死之人的夢境無法得到灌溉。世界即將終結，你也隨之消逝，撤退回到神的心靈裡。

「野蠻人敲破大理石街道，用石板來搭造羊欄。當初為了打造宏偉廟堂，先由船舶遠道運來、再由公牛拖拉送達的閃亮石柱，紛紛拆解下來，轉作牆壁的橫向支撐。鳥兒在公共噴泉的乾涸槽盆裡築巢。野蠻人架起帳棚，用雙手撈水。對他們來說，那就足夠了。那就是他們入侵此地的原因。

「在安提克的破損高架渠道裡，含藏了以弗所、米勒都、帕加馬、原本春風得意的其他小亞細亞城市的城市衰敗史。這些城市曾經大放光芒、舉世聞名。」

我說：「那些野蠻人是誰？」

船長說：「就是你們啊。土耳其人把通往安提克的高架渠道一舉摧毀。」

我火冒三丈。我說：「土耳其人又不是野蠻人。」

他眼神銳利地望著我。「總是有座城市，總是有個文明，總是有個拿著鶴嘴鋤的野蠻人。有時你是那座城市，有時你是那個文明，可是為了成為那座城市、那個文明，你曾經拿起一把鶴嘴鋤，毀掉你痛恨的事物。而你痛恨的，正是你所無法理解的。

「安提克是商業、精緻、休閒、過分講究與構想的化身。它的居民身穿絲綢的時候，我們土耳其人連羊皮都還不大會縫。他們的圖書館與廟堂對我們來說，又算些什麼？

「現在伊斯坦堡比威尼斯還富有，阿拉在世界各地貿易經商。我們拿紅寶石給孩子把玩，女眷住所的百葉窗還鑲有金線。

「我們天下無敵。」我說。

「你這麼認為？」他說，「再三百年，土耳其人可能又回頭和山羊作伴了。」

「不可能！」我喊道，「如果就像你說的，任何事物都不存在，那麼也不會有『未來』那種地方。」（說出這番見解，讓我得意洋洋。）

船長哈哈一笑，寵溺地踢了踢我。「會有未來的。我們對自己的非現實深信不疑，到了無法放棄的地步。」

我默默無語。船長的一踢讓我一時移位。我自己的非現實正朝我壓來。我渴望伸手搔抓。

「生命是種福氣。艾利，但死亡是個契機。」

艾利的球莖發癢的時候，又要怎麼你來我往地討論哲學呢？要是能有機會把雙手伸進長褲，他很樂意犧牲虛無飄渺的宇宙。當熱那亞的海盜蜂擁衝上船來，他正忙著做這件事。

這些男人晒傷的膚色就像火裡烘烤的麵包，不過他們的眼眸有如火焰一般清澈。他們謀殺了整批船員、剁下船長的腦袋，正準備把艾利當紅石榴一般掐爆時，有人注意到他雙手緊抓著他的球莖——也就是他的卵蛋。

「嚇到撒尿了啊？」海盜首領說。

艾利害怕萬分，乾脆實話實說。

「是想護住我的寶貝。」他說。他的回答如此愚蠢，把海盜都逗笑了。海盜拉出自己的雞巴，捧在艾利的鼻子底下。

「這啊，才是寶貝。你的身價連跳蚤都不如。」

艾利對著它吸吮，要不然又能如何？他從沒做過這種事，但走投無路向來是良師，他不久就發現自己的舌頭靈動起來，和市場上的任何一個妓女一樣流暢。

海盜發出嗯哼聲。

「既然可以把你賣掉，又何必殺了你？」

就這樣，艾利發現自己到了義大利派駐土耳其的外交使節公寓裡。

艾利渾身顫抖，飢餓又骯髒，孤伶伶一人。他坐在地板上，納悶自己將會有什麼樣的際遇。兩名僕役走了進來。一人往銅製浴缸添滿了水，另一人將食物與乾淨衣物擺排出來。在完成手頭任務之前，沒人開口和艾利說話。後來一人說：「你必須吃吃東西、洗個澡，然後打扮起來，在夕陽西下的時候準備好。」

「為了什麼做準備？」

「為了公主。」

我卸下身上的東西，躺進浴盆裡。我想我應該敞開胸膛、開誠布公，雖說我的胸脯不是爭論的重點。身為女性的我，將會有何命運？會受到垂憐，或是死路一條？

假扮成男孩的我，沒什麼可期待，也許就只有……

「性交。」公主說。

她繞著我不停走啊走，把我當成一座噴泉似的，時而停駐腳步、雙手輕輕探過來。她美麗、青春又傲慢。

「我一個月內就要成親。我丈夫希望我能學點愛的藝術。他指定你來教導我。」

「我一無所知。」我說。

「那就是你被挑中的原因。你只是個小伙子，傷害不了我，也侮辱不了我。你動作會很輕柔。你會慢慢來。要是我不喜歡你，就會砍下你的腦袋。」

「你會親自動手？」

「當然不會。」

「女士，」我說，「你的王國裡一定有很多人比我更有資格。」

「他們沒有你的寶貝，」她說，「我們聽說了，比起丟掉小命，你更怕自己的私處受傷。」

「我的寶貝不是你所想的那樣。」

「我什麼都沒想。吻我。」

我吻了她。感覺還不壞。

日夜荏苒。我吻了她的嘴和頸。我吻了她的胸脯與肚腹。我吻了比她肚腹更低的所在，對於我在那裡發現的愉悅漣漪感到滿意。她美味又香甜，好似晴天裡的一碟無花果。

我們正逐漸接近必然之事，但尚未走到那個地步。

日日與夜夜。歡愉像鉚釘似的讓日日夜夜相繫相連。

我倆的愛情熔爐將時光加熱，把原本獨立存在的鐘點焊接起來。如此一來，時間便變成先知所說的那樣，連綿不中斷。

對我來說，這些日子將永遠不會終結。我永遠在那裡，永遠在那個房間與她形影相隨。即使不是我本人，也是我自身的印記。我的化石愛情，由你來發掘。

「把你的長褲脫下，讓我看看你。」

就是這一刻了。真相即將大白。我豁出去了。死亡，儘管來吧；生命，儘管來吧，有個角色必須扮演，如此罷了。

我猶豫不決地褪下藍中透金的長褲。一陣沉默之後，公主說……

「我以前從沒看過男人的模樣。」

（你現在看到的並不是男人。）

「我聽過的故事……肥厚、腫脹……可是你就像一朵花。」

（的確如此。）

她摸摸我的球莖。

「好像甜栗子啊。」

（是鬱金香啊，我的小親親，是鬱金香。）

她撫搓我為了保護它們而時時塗抹於上的蠟料。她的指尖發亮。

「怎麼稱呼這些東西？」

「這個是**歡愉的鎖鑰**，這個是**情人之夢**。」我誠摯地說，因為事實正是如此。

「這個又叫什麼？」

此時，她的指頭觸及中心。我必須快點動腦筋。

「我把它叫做**春季之莖**。」

她歡喜地笑了，吻吻那朵紅花，花瓣緊緊固定在花頭上。幸好母親綁得很牢，可供公主盡情把玩。

接著怪事開始發生。公主親吻、輕拍我的鬱金香時，我自己的感受竟然越來越烈，但強度還比不上我的震驚程度，我覺得自己的偽裝有了生命。鬱金香站了起來。

我往下一瞥。就在那裡，在我與她的身體之間搭出了一座橋。

我還穿著束腰長版上衣，公主看不到支撐這一切的皮帶。她看得到、摸得到的，就只有我球莖與莖桿所傳達的熱切感。

我跪下來，鬱金香對著我搖曳，如同我那天午後在山坡上切下它的模樣。

公主動作非常輕柔地低身橫跨我的膝頭，我感覺那堅挺的紅頭與淡色莖桿植入了她的身軀。一道細細的淡綠汁液順著她的棕色大腿滴下。

我操了她整個下午。

對花朵做那種事很糟糕

入夜。我坐在螢幕之前。有封給我的郵件。我把它打開。上頭寫著：

對花朵做那種事很糟糕。

我敲鍵盤回覆。「你當初上線明明說想要變身的。」

「變成操花的公主？」

「嗯，你的別名就是鬱金香啊。」
「那不是我對浪漫的想法。」
「原來你想要浪漫？」
「大家不都想要？」
「那去下載《羅密歐與茱麗葉》嘛。」
「那是青少年的性愛。」
「《咆哮山莊》。」
「天氣爛透了，而且我討厭那個時代的服裝。」
「《熱與塵》。」
「我對灰塵過敏。」
「《熱情》❹。」
「從沒聽過。」
「噢，唔……」

❹ *The Passion* 與作者珍奈・溫特森在一九九七年出版的小說同名。

「拜託喔，這是你的工作耶。你說你會寫故事。就幫我寫個故事嘛。」
「一夜的自由，你說過。」
「對。」
「好吧，可是如果我開始寫故事……」
「嗯？」
「交到我的手上，它可能就會產生變化。」

螢幕漸漸暗下。空氣沉重。你和我都等候著，在思緒上雖然親密，但距離讓我們相隔兩地。手指輕輕停在鍵盤上，有如通靈者將手搭在乩板上。我們在等什麼？

你說：「你是誰？」
「叫我艾利。」
「是你的真名嗎？」

「夠真實了。」
「是男是女？」
「有關係嗎？」
「當成參考座標。」
「這是虛擬世界耶。」
「好啦，好啦。順便透露一下嘛——是男是女？」
「去問公主。」
「剛剛那個只是故事。」
「這個也只是故事。」
「我會把這個當成真實故事。」
「你又怎麼知道是真實的？」
「我知道，因為我就在裡面。」
「我們現在一起在裡面了。」
一陣停頓。接著我打出，「我們開始吧。你想要什麼髮色？」
「紅的。我一直想要紅頭髮。」

「和你的鬱金香一樣顏色嗎？」
「看看那朵花的下場。」
「別慌。這次是不同的偽裝。」
「那我應該穿什麼？」
「隨你啊。要穿Combat還是Prada？」
「我有多少錢可以花在衣物上？」
「一千美金如何？」
「那筆錢要買整個衣櫥的衣服，還是一套而已？」
「你弄個故事還想精打細算？」
「負責寫故事的是你。」
「這是你的故事。」
「全知觀點的作者到哪裡去了？」
「都變成互動式的了。」
「嗯……我知道是我主動提出要做，不過也許我們應該乾脆算了。」
「怎麼了？這是藝術，不是電話性愛。」

「我知道。我說過我想要享受成為別人的自由，就一個晚上。」
「那我們就來啊。」
「我明天得早起。而且我應該先洗個頭。我真的不認為……」
「太遲了。」
「你說太遲了是什麼意思？」
「我們已經開始了。我們就在這裡。」
「可是在哪？」
「你告訴我啊。我們在哪？」
「巴黎。我們在巴黎。艾菲爾鐵塔就在眼前。」
「嗯，我也看到了。傍晚，太陽正要下山。」

新檔案

我們沿著塞納河畔的寬闊鋪石步道漫步。我們後方，週五夜晚的車輛正在煞車燈和廢氣煙霧的包覆之中列隊，返家時刻的有毒紅霧。

我們在步道上走著，你的毛衣綁繞肩膀。一身結實的慢跑者加快腳速，轉向閃避我們；情人則是放慢腳步，駐足擋住我們的去路，暫歇腳步替對方點菸或是親吻。

我們不是情人。

那時不是。

傍晚正在伸展身子。白天繃緊的肌肉已經開始鬆弛。身穿萊卡衣服的女孩用手機敲定當晚的約會。披著長版大衣的男人放任手機鈴聲大作，人人往他像警報器一般響起的公事包直瞟，他則衝著大家微笑。

碼頭那裡，幾對成雙的儷影等著加入霓虹映亮的遊船，想到上頭享受晚餐與舞會。其他船隻，平底駁船上，有隻貓咪在噴煙的煙囪管旁邊清理自己，用圍巾包住髮絲的女人將咖啡猛地倒進水裡。

如此繁雜的人生，還有我們的人生，全都和這個晚上、這些陌生人糾纏不清。我倆對彼此而言也是陌生人。

最微小的意外會打開新世界。

我們入住同一家旅館。我們都在前一天抵達，各自的伴侶在大廳突然瞥見對方，老友似的連忙展臂互擁。沒什麼好訝異，因為他們的確是舊識。

我與你素不相識。我們留在後頭害羞地微笑，因為無法共享這番橫溢的溫情，微微感到心煩。接著他們訂好了明晚的計畫，相約到附近的餐廳聚餐。如果兩位久未聚首的死黨先過去，我與你晚些結伴散步到餐廳，先認識認識對方，這樣要不要緊？不要緊，會很好玩的。

單純。容易。

是的。

我不認識你，加上知道自己不擅閒聊，於是對你講起珠穆朗瑪峰登山家喬治・馬洛里的事。我要把他放進我正在寫的一本書裡，陌生人常常喜歡聽作家怎麼寫書。這樣他們可以省下閱讀的力氣。

「所以你是作家？」

「對。」

「我從來沒聽過你。」

「嗯。」

「你出版過什麼作品了嗎？」

「有。」

「店裡買得到嗎？」

「嗯。」

「嗄，巴黎這裡也買得到？」

「對。」
「法文版的？」
「對。」
「英文版也買得到？」
「對。」
「噢，真的嗎？」
（我說過，閒聊不是我的強項。）
「所以你是作家？」
「對。」
「你都寫哪些東西？」
「大多是小說。」
「你自己編的東西？」
「對。」
「我比較喜歡真實人生。」
「為什麼？」

「不會有驚奇。」

「你不喜歡驚奇？」

「打從我五歲生日有人送了會爆炸的蛋糕以後，我就不喜歡驚奇了。」

「那個蛋糕能吃嗎？」

「蠟燭就是小根的炸藥棒，把奶油跟海綿蛋糕炸得整個房間都是。」

「你後來怎麼處理？」

「從牆壁上刮下來。努力裝出正常的樣子。」

「很難吧……」

「當然很難。」

（接著她頓了頓，然後說……）「對我來說，那就是人生。頂端插了小小炸藥棒的蛋糕。」

「聽起來不像是沒有驚奇的人生。」

「噢，可是真的是啊。真的就是那樣。這樣說好了：我就是知道它會在我眼前炸開。」

我們散步的時候，我斜眼瞟著她。她穿著軟質的黑牛仔褲搭白襯衫，抹了點口紅，拿著專門用來裝信用卡和彩妝刷的提袋，在我眼裡，模樣自信又沉著。她的毛衣是圓領羅紋的喀什米爾，和布袋一樣綁著，垂掛如舞者。

簡單。

昂貴。

「什麼風把你吹來巴黎？」（閒聊，還不壞。）

「艾菲爾鐵塔。」

「你喜歡高塔嗎？」

「我喜歡沒有覆面的建物。」

「好，這個座右銘不錯。」

「我試著要讓線條顯露出來。當然不是在我臉上，而是在其他地方。在我的工作、生活與身體上。」

（頓時，我極度渴望看看她的身體。我將這份思緒壓抑下來。）

「清淨生活[5]？」我說。

「還差得遠。」

「那麼是什麼？」

「乾淨的空間。這世界上最簡單的事情，就是用壁紙把自己從頭糊到腳，然後放把扶手椅在自己的肚子裡。」

「聽起來滿不舒服的。」

「噢不，非常舒服。那就是大家會那麼做的原因。」

「可是你沒有。」

（她突然握住我的手。）「我用這裡感受事物。」

（她帶著我的手越過她牛仔褲的低腰褲帶。）「刺激、危險……」

（她拿我的手平貼她的腹部，停駐那裡不動。）

「性愛。為了繼續感受，我必須空下一些空間。」

（倏地，她放開我的手。我傷心地瞅著那隻手。）

她說：「你呢？什麼風把你吹來巴黎？」

「我正在寫的故事。」

「和巴黎有關嗎？」
「無關，可是寫到了巴黎。」
「那麼是關於什麼？」
「關於疆界。欲望。」
「你的別本書都談些什麼？」
「疆界。欲望。」
「你不能寫點別的嗎？」
「不能。」
「所以為什麼來巴黎？」
「另一座城市。另一種偽裝。」

我們登上小木橋，懶懶倚著金屬欄杆。廣闊的河景好似週末的家庭自拍電影，有那

---

❺ Clean living 是美國二十世紀末一股追求健康與潔淨社會的運動。

種手持拍攝的業餘韻味。情人、小狗、電燈，以及人們即興又不穩定的活動狀態，他們橫越此處與彼處，臨時改變主意、停頓腳步，模樣失焦或是湊得太近。移動的河流就是一條電影膠片，翻飛、開展，以敞放的天際與人潮熙攘的西堤島為陪襯，將自己投射於上。

一個接一個景框，將那個週五夜晚拍攝入鏡，曝光之後又拋開，讓河流、讓時光將之帶走，最後只會封裝於記憶裡。不過，在那之內，每個場景都完美如初。

我暗想：「我擁有的、我有把握的，就只有這個。其餘都消失了。其餘的也許都無法跟上來。」

有個女人在我附近吃著冰淇淋，態度熱切有如領受聖餐。她臉上流露置身聖壇才有的神情與專注。

有個男人跪下來，替他的雪納瑞犬套上小小的方格花紋外套。人們紛紛移步避開他。他的手指忙亂摸索著扣環。

有個孩子握著母親的手，對著破了洞的米老鼠氣球哭泣。接著，米老鼠那雙蹣跚跛行的氦氣耳朵與正在漏氣的黑鼻，一踉蹌便越過欄杆往下墜落，最後平貼於河面。

就這麼遠離了。老鼠、狗、冰淇淋、現在。我們已經到了另一個現在，天際的粉紅霞光已然褪去。

「餐廳在哪？」你說。

「我不知道。我還以為你曉得。」

「我不曉得。我還以為你知道。」

「唔，餐廳叫什麼？」

「艾利。土耳其菜。」

「你確定？」

「我們可以打電話到旅館。服務臺會知道。」

「我們要遲到了。」

「時間多得很。」

她綻放笑容，用胳膊繞住我的肩膀。我故作稀鬆平常。

「你對陌生人通常都這麼友善嗎？」
「向來都是。」
「有什麼特別的原因嗎？」
「陌生人是個安全的所在。什麼都可以對陌生人說。」
「要是我把它寫進我的書裡呢？」
「你寫的是小說啊。」
「所以？」
「所以你不會把我和事實拴在一起。」
「可是我可能會說出真相。」
「事實永遠不會說出真相。連最簡單的事實都有誤導作用。」
「像是火車的時刻。」
「還有你有過多少情人。」

我好奇地瞅著她。這段對話會怎麼發展？

「你有過多少情人？」

「九點四八個。」她用月臺廣播的語調說。

「是之前那個，還是現在這裡這個？」

「現在這裡這個沒列在時刻表裡。」

「什麼意思？」

「表示我結婚了，但不是和他。」

「那麼是和誰？」

「噢，和個體格像餐車的男人。身材結實、溫暖真誠，永遠準備好要供應中餐。」

「那樣你不喜歡嗎？」

「有些晚上，我寧可要歐鐵臥鋪。」

「那就是你來巴黎的原因嗎？」

「有些晚上，我寧可什麼都不要。」

「沒有覆面的建物。」

「隨著年紀越大，原本開放的空間開始關閉。」

「你好像成功鑽進去了啊。」

「我開始焦躁不安，冒險的程度超過我所應該。」

「你離開你先生了嗎？」

「沒有，只是對他說謊。」

「你可以對你愛的人說謊？」

「總比說實話仁慈吧。」

「你們還很親近嗎？」

「兩個越分越開的人能有多親近，我們就有那麼親近。」

她逕自往前走，毛衣抵著背部搖搖晃晃。接著她轉身向我。

「對於你所擁有的事物，你維持形式、抱持習慣，可是漸漸掏空其中的意義。」

「如果你有那種感覺，你就應該離開。」

「我還愛他。」

「你可以愛著某人然後離開他們。有時候你就應該這麼做。」
「我就做不到。」
「唔，總之，那不關我的事。」

接著她長篇大論起來。我想你猜也猜得到內容。

在她的婚姻裡，時鐘太多，時間卻不夠。家具太多、空間太少。在她的婚姻外頭，不會有任何東西能夠容納她、形塑她。她發現的空間會是外太空。沒有引力與重量的空間，自我在那裡會一點點逐漸分崩離析。

「你沒辦法理解嗎？」
「可以。」
「可是？」

我沒回答。我聽過這類的論辯。我自己就用過。它們說了點實話，但不是全盤的實話。它們否決的實話就是關於心的實話。身體可以承受妥協，理智可以受它引誘，只有心會抗議。

心。矽世界裡以碳為基礎的原始事物。

「有點地方不對勁。」

「和我說的話有關嗎？」

「和可以把所有事情這麼甜美地合理化有關。」

「難道你希望我只帶一張掛毯和一對燭臺，氣沖沖一走了之？」

「我想的不是你的行李。」

「我認識的一個朋友就是那樣啊。其他東西都沒拿就離開了。」

「我佩服她。」

「那你就是個絕對論者。」
「那是什麼？」
「全要，不然就全都不要。」
「除此之外還有什麼？」
「中間地帶。去過嗎？」
「在地圖上看過。」
「你應該走一趟。」
「等我到了那裡，就可以跟其他人一樣一直繞圈子。」
「我做了什麼，竟然要受這種罪？」
「是你自己主動談起冒險、自由與沒有覆面的建物。」
「意思是？」
「意思就是，你就是想要大家所想要的，也就是一切。」
「那有什麼不對？」
「沒什麼不對，不過你自己必須付出代價。」
「所以我是想要魚與熊掌兩者兼得？」

「就你的過去來看，這點倒可以理解。」

她縱聲一笑，抓起我的手臂，把我攬向她。

「我喜歡你。」

「為什麼？」

「因為你想抗爭。」

「這個世界就是我的拳擊場。」

「你一定要和每個人纏鬥不可嗎？」

「只有對敵人才這樣。」

「有那麼簡單嗎？」

「你可以細膩到把自己搞得昏頭脹腦。」

「你可以簡單到最後和自己痛打一場九回合的拳擊賽。」

「嗯，對，我常會那樣。」

「為什麼？」

「為了保持警覺。」

「你應該放輕鬆。」

「我坐在扶手椅裡看來很呆。」

「你在床上看起來怎樣？」

我詫異到不發一語。接著，在橋上，她無視其他人的存在，逕自傾身吻了我。一枚柔軟而開放的吻。

「這樣不好吧。」

「為什麼？」

「你嫁了某個人，又隨另一個來巴黎，而且我們晚餐就快遲到了。」

「人只活一次。」

「你如果自己願意承擔，想活幾次都行。」

「所以你不肯請我吃晚飯？」

她正在笑。她嘲笑我的不自在、嘲笑我的認真。那就是我記憶中的她，在巴黎的木橋上笑我。

那天下午我們在雷阿爾區被雨困住，她一直笑個不停。我當時單獨出門，想找個可以買捕鼠器的商店。我並不知道那個陷阱是為我而設的。

「害蟲殲滅者」那家商店打從二〇年代就在肉品老市場裡，它的木頭玻璃店面，加上鏡面拋光的櫃檯都未曾改變。顧客可以對著蟑螂分類表沉思默想，然後買下幾乎什麼都殺得了的袋網或捕鼠器。店員以銀行行員的肅穆態度提供服務。他們緘默審慎地經營生意。你購買的商品會被裹在牛皮紙裡，用線繩綁定。我在店裡的時候，身穿棕色連身工作服的男人正用一塊羊乳乾酪測試捕鼠器。

我一走出店外，你就笑著撲向我，抓住我的手臂將我拖走。你說起地鐵站裡有弦樂四重奏的事。大雨成片落下。拿著綻裂雨傘的乞丐想乞討一法郎。

我們拔腿奔跑。

我們沿路跑過一群男人身邊。扣領襯衫、羊毛衫、香菸。他們正在遮雨棚下方避雨。雨水在帆布上重重落下又彈起，濺上他們的鞋尖。

我們奔越作鳥獸散的逛街人潮，穿過踩著單車的男孩、越過酒保用力拋進店內的柳條編椅。

我們奔越路易威登山寨版行李箱所組成的跳欄路線，閃進防水油布底下隱去身影，非洲攤販朝我們怒喊。我們直往鼓冒蒸汽的地鐵站衝，進入奔湧如瀑的維瓦第樂聲。

四個小鬼（他們全是小鬼頭）已經立好譜架，打開樂器盒。他們毫不遲疑，激情地彈奏起來，擋住了入口與出口。沒人在意，因為音樂比回家的需求與雨勢滂沱的午後更加強烈。

你開懷不已，髮絲上的雨水滴落肩膀，嘴巴微啟。你因為奔跑與淋雨而面泛潮紅。我覺得你很可愛，如此的樂趣、這般的機緣，逗得我跟著微笑。

我下午原本另有計畫。機緣改變了它。機緣本身就是陷阱？亦或是打破陷阱的東西？

我們趕上駛向羅浮宮的一班火車。你想穿過大玻璃金字塔、走到地平面上。你說那就像重生。你說那讓你覺得自己是埃及公主；一時半刻，我還以為自己當初在卡納克神殿❻旁邊的河流就認識了你。我嗅到了你敷有藥草的繃帶香氣，還有你恐懼的氣味，他們扛著你進入一去便無法復返的黑暗。

可是你在這裡，從自我的地下室，順著階梯一圈圈往上奔跑，最後終於獲得自由。當你衝入金字塔的鋼筋與玻璃，陽光露臉，將水窪化為了映在玻璃上的一萬面鏡子，彷彿要替玻璃加溫烤熱。

沒有事物是扎實的。沒有事物是固定的。這些影像都會隨著時間改變，也會改變時間，有如太陽與雨水會玩弄事物的表面。

「香檳？」

你指著馬利咖啡館，我們穿過館內，走到閃閃發亮的桌子旁。穿著白外套的服務生將雨滴從大理石桌面抹去，態度混雜了服務業的卑屈與嫌惡，對著我們掀動鼻翼。

「*Deux coupes de champagne*❼。」

他點點頭，彷彿用力把腦袋關上。我們四周，在早已作古的法國人雕像的下方，青少年把明信片塞進背包裡，就著罐子暢飲可樂。陽光猛烈，人人歡欣。身處異國城市的輕盈感，以及脫離原本身分的解放感，讓我覺得歡喜。我往外伸展雙腿，我往外伸展心靈。我的心靈往前探入無止無盡的空間，也是我把它從巢穴釋放出來時，它所能占據的空間。

服務生端著銀托盤回來，放下兩只細長酒杯，發出輕微的喀哩聲。你舉起杯子。

「嗯，我們應該敬什麼？」

「敬機緣吧。」

「敬機緣。」

「現在換你選了。」

她頓住，思索片刻之後莞爾一笑。

「好吧。敬哈洛・卜倫❽。」

「哈洛・卜倫？」

「感謝他翻譯了猶太的祝詞啊。我猜你不是猶太人吧？」

---

❻ Karnak 始建於埃及的中王國時期第十二王朝（約西元前 1991-1783）。真正把神廟擴建成今日所見規模的，是在新王國時期、第十八至第二十王朝（西元前 1570-1090）期間。

❼ 法文，兩杯香檳。

❽ Harold Bloom（1930-2019）美國文學評論家。

我搖搖頭。她再次舉杯。

「希望能在沒有疆界的時光裡注入更多生命。」

接著她的眼裡浮現雨滴般的東西。

傍晚正在降溫。我和她一語不發地回頭越過新橋，往種有樺樹的小三角草地走去，三邊淨是小餐館。我喜歡在這裡用餐。有人把它叫做「巴黎的性愛」。

我好氣我自己。那天下午我一直懷抱期待。我不知道自己為何有所期待，我的確知道自己為何有所期待。可是，如果事情遲遲沒有進展，如果我們照著原訂計畫去了那家餐館，餘下的部分就會留在回憶裡（其真實性並不在細節當中），我會既高興又失望。

問題是，在想像裡，任何事情都可能是完美的。一旦下載到現實人生，就會雜亂無章。她很雜亂無章。我也是。我痛怪自己。我當時一直很想被逮住。

我們放慢腳步。她開口了。

「你在生我的氣。」

「就是這裡，保羅的餐廳。」

「我太早透露太多。」

「三〇年代以來就沒換過裝潢。」

「我並沒有看扁你。」

「女服務員穿白色圍裙，不講英文。」

「我只想抱著你。」

她把我擁進懷裡，我火大到幾乎能出手打她。將我的怒氣從底部往上傳導的，是一圈欲望的銅線。

「而且我想吻你。」

有個男人帶著兩隻大麥町在樹下運動。斑點在我眼前跑著。

「想吻你的這裡跟這裡。」

男人拋出兩顆紅色網球，狗兒拔腿狂奔，把球撿了回來。黑、白、紅，黑、白、紅。感覺有如粗粒電影。女服務員的黑洋裝與白圍裙，在光線映亮的保羅餐廳窗戶裡移動。你的黑牛仔褲和白襯衫。夜色像毛衣一般裹住你，你的雙臂摟住我。兩隻大麥町。是的，這是黑與白。輪廓清晰分明。我非得閃避不可。我為何沒有？因為我的嘴裡啣著一顆欲望的紅球。

「你脖子上的細毛……」

撿回來。我的心把我閃避開來的東西遞還給我。我是自己的主人，卻無法一直掌控自我。

這女人想要成為……

「你的情人。」

我們走進裡頭。我點了朝鮮薊油醋沙拉、搭配青豆的鴨肉片。你吃的是豆子濃湯和煙燻鰻魚。我原本可以灌下幾瓶酒的，但還是退而求其次，只將店內玻璃壺斟滿的巴黎高腳杯一飲而盡。

你用緊張的手指撕開麵包。

「我們剛講到哪兒？」

「不是我想到的那兒。」

「我之前抱住你的時候，感覺不是那樣的。」

「的確，你說的對。」

「那麼如何？」

望著她摺紙似的捏剁棍子麵包，我暗想，她有雙美麗的手。美麗的雙手，靈巧、輕盈、務實、熟練。我的身體不是頭一個，也不會是最後一個。她把麵包拋進嘴裡。

「我應該從哪裡開始？」我說，已經做好防禦準備。

「不要從頭開始。」她說著，一面餵我麵包屑。

「為什麼不要？」

「我們都知道一般常見的理由、不成文的規則。沒必要重複。」

「你真的不在乎對吧？」

「在乎你嗎？我在乎啊。」

「我說不在乎這會搞出什麼樣的亂局。」

「我不是處女座的。」

「我是。」

「噢我的天，我運氣還真好。我打賭你對清理衣服之類的事一定很執著。」

「很不巧，就是。」

「噢對了，我以前有過處女座的伴。他永遠不肯放洗衣機一馬。不管白天晚上，拚命洗洗洗。我以前都叫他馬克白夫人。」

「那你會叫我什麼？」

「我總會想出什麼來的。」

朝鮮薊送來了，我一褶褶又一層層地剝開，並沾了沾醬。吃朝鮮薊，或是類似的那種行為，其實沒什麼祕密可言。沒有其他東西會這樣放開自己，讓人如此滿足地直搗其核心。沒有其他東西能給出這般承諾與獎賞。細毛也是樂趣的一部分。

我原本應該吃什麼好？甜菜根吧，我想。

有個朋友曾經警告我，絕對不要找討厭朝鮮薊或香檳的人當情人。那份忠告固然不錯。不過，與某個不該成為你情人的人在一起時，絕對不要點朝鮮薊或香檳，這可能才是更好的建言。

至少我選了簡單的紅酒。

接著我想起當天午後。

她含笑望著我，嘴唇散放油光。

「你在想什麼？」

「今天下午。」

「我們那時候應該上床的。」

「我們那時都還沒講上六句話。」

「那樣最好。在開始橫生枝節以前。」

「別擔心。沒有開始。沒有橫生枝節。」

「你一直都是這樣的衛道人士嗎？」

「你把我說得像是耶和華見證人教徒。」

「隨便哪個晚上你都可以登門來訪。」

「你會出面阻止嗎？」

「就像你說的，我們還沒開始呢。」

「晚餐過後，我們回旅館道晚安。」

「明天你就要搭歐洲之星到倫敦去。」

「後天你就要搭法國航空飛紐約了。」

「你一定是耶和華見證人教徒。」
「我為什麼一定是？」
「你明明沒結婚，卻不肯和我上床。」
「可是你結婚了啊。」
「那是我的問題。」
「是沒錯……」
「那麼如何……」
「我以前這樣做過，結果變成我的問題。」
「發生什麼事？」
「我動了情。」

那是很久以前的事了。感覺就像另一輩子，最後我才想起是我的人生，就像翻出了一封自己以前親筆寫就的信，卻不大信得過裡頭的內容。

我曾經愛上一位已婚女子。她也愛我，如果那份愛沒有如此強烈，或者婚姻沒那麼成功，我可能就會逃開。也許沒人會真的逃開。

她想要我，因為我是為她解渴的水塘。我想要她，因為她融合了情人與母親的角色。

我想要她，因為她正如陽光灑照在岩石上的溫煦午後一般美麗。

結果造成無比的傷害。

「最後你失去她了？」

「當然。」

「你熬過來了嗎？」

「那是一場韻事，不是突擊課程。」

「愛情就是突擊課程。」

「有些傷口永遠不會癒合。」

「很遺憾。」

她伸出手來。這個世界多麼奇怪，你可以盡情享受性愛，愛情卻是禁忌。我講的是真實的事物、輝煌的激情，它們或許無法容許淡淡溫情、便利或快樂。事實是，愛情就像極地浮冰一樣狠狠撞進你的人生，即使你的心打造得有如鐵達尼，你照樣往下沉淪。就是有那樣的分量，就是有那麼龐大。它並不適切，並不俐落，無法抑制。

她伸出手。「你還在生氣。」

「我還活著。」

要說什麼？說愛情的終結揮之不去。纏擾不休的夢境。縈繞不去的沉默。被鬼魅纏身，自己也容易化為鬼魂。生命的退潮。脈搏過於微弱。沒東西擾動得了你。人們都贊同這種做法，將它稱作一種療癒。但那不是療癒。死去的身軀才感覺不到痛楚。

「可是痛苦沒有意義。」

「不見得。」

「那麼受苦有什麼作用？你能告訴我嗎？」

她認為是我自己緊抓痛苦不放。她認為痛苦是紀念品。也許她認為痛苦是我用來感受的唯一方式。相反的是，痛苦提醒我，我的感情受到了毀傷。那種痛苦並不會阻擋我去愛，只有虛偽的療癒才會。痛苦告訴我，我的接收器或傳送器都不在完美的運作狀態。痛苦本身不是感受，但已成了感受的工具。

她說：「你還喜歡做愛嗎？」

「你講得好像我做過截肢手術似的。」

「我想你就是。我想有人把你的心割掉了。」

我望著她，我的雙眸清澈無比。

「故事不會這樣結束的。」

停。

自動書寫的危險總是會出現。那種危險就是把你自己寫往某個絕對不須述說的終結。在某個時間點上，故事匯集了動能。它自我說服，也傾力說服你：眼前可見的終點是唯一可能的結果。有種命定與失控感，莫名給人帶來了慰藉。這是你的腳本，可是現在它自動寫了自己。

停。

打破敘事。拒絕到目前為止說出來的所有故事（因為那就是動能的真義），嘗試用別種方式來講這個故事。用不同的風格，安排不同的重點，讓一些空氣進入歷經幾個世紀的使用而窒息的元素，給這個浮動的世界一點實質。

在量子現實裡，有幾百萬種可能存在的世界，尚未實現、深具潛力，或許會滲入我們身處的世界，卻只能透過我們永遠找不到的蟲洞才能抵達。如果我們找到一個，就不用回來。

在其他的世界裡，事件可能依循我們原本的事件來發展，但結局會有所不同。有時候我們就是需要不同的結局。

我沒辦法帶著自己的身軀穿越時空，但我可以送出我的心靈，運用故事（已經書寫與尚未書寫的），將自己隨意拋入某個尚未存在的地方，我的未來。

這些故事是地圖。是已經完成與可能成行的旅程的地圖。一條馬可波羅的路線，穿越了真實與想像的領土。

有些領土變得和海邊度假勝地一樣熟悉。我們到那裡的時候，知道自己會堆沙堡、會晒傷，而且咖啡館的菜單絕對一成不變。

有些領土較為荒涼，不曾留下報導紀錄。指南手冊的用途相當有限。在這些荒野之地，我成為地圖的一部分、故事的一部分，把自己的版本加入那裡原有的版本。猶太法典似的故事疊上故事，地圖覆上地圖，雖然讓可能性成倍數增加，也會針對累積帶來的重擔而對我發出警告。我住在一個世界裡，物質的，狀似堅實，而那樣的重量已經足夠。我可以觸及的其他世界，必須維持它們的輕盈與光速。從那些世界返回我的原有世界時，我能帶回來的，就是另一個機會。

她伸出手。「我想拯救你。」

「要把我救離什麼？」

「救離過去。救離痛苦。」

「過去只是一種說法。」

「那麼救你離開痛苦就好。」

「我不想要抹得一乾二淨的人生。」

「別那麼暴躁嘛。」

「抱歉。」

「你想要什麼？跟我說啊。」

「不要妥協。」

「那不可能。」

「只有不可能的事情才值得努力。」

「你是狂熱分子，還是理想主義者？」

「你為什麼要替我貼標籤？」

「我必須瞭解。」

「不，你只是想照自己的意思定義我這個人。因為你不確定，所以你需要貼標籤。可是我不是背上附有價格吊牌的家具。」

「只是要點性愛就這樣，還真沉重。」

女服務生清走盤子，帶了棕黃條紋的冰淇淋來給我們，與天花板和牆壁同色。甚至有三〇年代上了清漆的光澤模樣。盤子邊緣的櫻桃裝飾有如嘉寶❾的親吻。你叉起一顆餵我吃。

「和我上床吧。」
「現在?」

「就是現在。我只能給這些。我只要求這些。」
「沒有棘手問題,不會橫生枝節。」
「完全沒有。」
「只除了有人會在二十九號房等你。」
「他會喝到醉茫茫,睡得很沉。」
「會有人在等我。」
「某個特別的人嗎?」
「只是個朋友。」

❾ Garbo(1905-1990)全名通常譯為葛麗泰・嘉寶。瑞典籍的國際巨星,是好萊塢默片與古典時期的電影偶像。

「那麼……」

「不用顧點禮貌嗎？」

「我會留言給夜班櫃檯。」

她站起身，撥弄打電話用的銅板。

「等等……」

她沒回答，站在電話那裡，別開臉不看我。

我們到一家以前提供水療服務的小旅社。

浴室依然附有蒸汽口與噴浴設施。如果你在刷牙的時候轉錯旋鈕，整個臥房就會像希區考克電影的場景一樣灌滿蒸汽。電話會在迷濛蒸汽當中鈴鈴響起。樓梯平臺會傳來腳步聲與說話聲。於此同時，你會忙亂摸索窗戶，全身光裸、伸手不見五指；你和巴黎之間只隔著一根牙刷。

我們在通寧旅館住的那個房間是在頂樓。有三張鋪有燭芯紗繡床罩的床鋪，還有可以俯瞰街道屋頂的窗景。我們對面的窗框裡，有個男孩正隨蒂娜透納的唱片獨自舞動。

我們往外傾身倚在金屬安全桿上，望著他、望著車輛駛遠。你把手探進我的襯衫，搭上我的下背。

這就是我們做愛的方式。

你吻我的喉嚨。

那個男生在跳舞。

你吻我的鎖骨。

兩位計程車司機在街上爭吵。

你將舌頭探進我胸脯之間的渠道。

我們樓下有扇門重重甩上。

我分開你的雙腿，讓你貼上我的臀。

兩隻鴿子在屋頂的紅簷底下入睡。

你開始隨著我挪動，雙手、舌頭、身體。

隔壁傳來電視猜謎比賽節目的笑聲。

你的雙手抓住我的胸脯，我將你從牛仔褲拉出來。
托盤上的瓶子喀噹互撞。
你沒穿底褲。
某扇門打開。托盤放下。
你用黑色網籠護住你的酥胸。
梳妝臺的鏡子映出車頭燈的光線。
和我一起躺下。
爬到我的身上來。
動作放慢放柔，就那邊，就那邊……
哈利會說法文，他會負責去買啤酒。
推吧。
要喝時代，還是百威？
用力點。
你想吃堅果嗎？
讓我高潮。讓我。

她說，等你的時區過了午夜就打給她。

肏我吧。

有電話號碼嗎？

肏我。

翌晨，我醒得很遲，翻身去吻她。

她已經離開。床單還是暖的，但人已經走了。我躺在那裡，心裡逐漸激動難安，開始對抗身體的溫柔沉重感。我不知如何是好，於是做了不用想也知道的事——連忙穿好衣服，繞過轉角奔向我們的另一間旅館。

到了羅浮驛站旅館，我自己的房間空蕩蕩的。沒什麼好訝異。那裡留有我的衣物、旅行袋與一張回程機票。嗯，是我自己放棄身為旅伴的權利的。

我穿過走廊到二十九號房。房門敞開。女房務員正在打掃。

「*Où est la Mademoiselle*[10]？」

女房務員聳聳肩，按下吸塵器的電源。巴黎到處是小姐。

我打電話給櫃檯。

Rien[11]。

二十九號房已經退房，並未留下可以轉傳訊息的地址。

我散步到河畔的小咖啡館，點了咖啡和牛角麵包。

沒有棘手問題，不會橫生枝節。連一聲再見也沒有。所以這就是終結了。

我覺得自己好像在無意間闖進了別人的生活，發現自己想要留下之後，卻又誤打誤撞跌回自己的生活，毫無頭緒、沒有線索，更沒有結束故事的方法。

昨晚的我是誰？她又是誰？

---

⑩ 法文，那位小姐去哪了？

⑪ 法文，沒有（消息）。

虛擬世界

入夜。

我連上網路。沒有給我的電子郵件。你已經拋下這個故事，你已經棄我而去。消失無蹤。

我輸入你的位址。

空無一物。

我設定搜尋引擎要找你。

毫無所獲。

我在這裡像個告解室裡的悔罪者，我想向你傾訴我的感受，但螢幕的另一側空無一人。

我還期待些什麼？

這是虛擬世界。這是個自我編造的世界。天天有嶄新的大片陸塊形成，繼而淹沒不見。思緒有如新大陸一般從本土斷裂開來。有些會從貿易風[12]得到助力，有些則不留痕跡地沉沒不見。其他則像亞特蘭提斯，精采絕倫、眾人議論，但未曾被發現。

尋獲的物品沖刷到我螢幕的岸上來。錫罐、舊輪胎和海盜的東西混雜不分。埋藏的寶藏真的都在，只是黏附了東西而且奇形又怪狀。因為陌生，因此很難一眼辨識；從未命名過的事物，我們少有人能看得見。

我在尋覓著什麼，真的。

我在資料庫之內尋找意義。

那就是我像海灘上耙拾東西的人一樣細細搜尋螢幕的原因。尋找你、尋找我、試著看透偽裝。我猜我這輩子一直在尋找我們倆。

---

[12] Trade wind，由南、北兩半球副熱帶高壓吹向赤道無風帶的持久性風。

搜尋

它從一個承諾開始：

「只要我還活著，我就會拯救你。」

那個闃暗的夜晚，我拿了把扶梯架在窗上，我知道那就是你就寢入眠的地方。你不會在睡。

那扇窗戶有鐵桿層層阻攔，你好似格柵後面的隱士。對你輕聲呢喃、輕觸你手指的時候，我像悔罪者，而不是堂堂騎士。你說你那晚寧可有我的陪伴，而不願見到明日升起的朝陽。

之於我，你既是日也是月。

我的雙手握住鐵桿，從石牆上猛力扯下。傷深入骨，但我毫無所感，而是直接來到你身旁，伴你一同躺在漆黑裡、臥在靜默中，你的身體白晰柔軟有如月光。

早晨，我已離開多時，你睡遲了，僕人一將床帳拉開，迎面就是沾滿鮮血的床單與枕頭。不久，人們就明白一定有人來房間裡陪你，於是責難四起。

你不忠。你背叛成性。你將受火刑。

你的夫君、我的君王，多次帶著沉重的心下旨賜你火刑。而我多次與指控你的人戰鬥，將你解救出來，因為君王是一切事物的裁判，無法為自己的妻子親征出戰。

我叫蘭斯洛特。

「湖之騎士，蘭斯洛特。」你說，一面在我上方划動嬌軀。

我是你下錨的地方，我是你可以進入無重狀態的深水，我是你可以看見自己倒影的水面，你用雙手將我掬起。

你嫁給別人，這點對我來說毫無意義。哪個更重要？已死的婚姻？或是活著的愛情？你不曾把私己的快樂看得比公共職責更重，你只求快樂唾手可得。窗外的景致、窗框的裂縫，你只求有時能放自己出來，褪下衣物，在我之內盡情泅泳。只要他呼喚，你必定回應。你只求，你並未開口爭取，當他沒呼喚你，你就無須回應。然後你呼喚我，鷹隼飛向手腕，都不及我奔向你的速度快。

我雖然將你從火堆救出，但我熄滅不了的火勢卻在我們腳邊熊熊燃燒。一次次，你和我從彼此身邊轉開，面帶驕傲神情、心狀似冰冷，唯有雙腳洩露了我們的真心：凡是我們踩過的潔淨石頭，一概悶燒燻黑。

我的雙腳踩在告解悔罪的冰冷地板上光裸潔淨，卻在走過之處留下了炭黑汙跡。你心上的板石成了壁爐砌石。不管我們佇立何處，腳邊必有焚火。

「總有一天這會毀掉我們。」你說，嘴脣好似夾鉗，撥動我內裡焚燒的部位。

但我納悶著，既然它就是我們，又要如何摧毀我們？我已經變成這份愛。我們不是戀人。我們就是愛。

你的髓在我的骨內。我的血在你的脈裡。你的屌在我的屄裡。我的胸脯在你的洋裝底下，沉甸甸。我用來戰鬥的胳膊，透過肌腱與你的肩膀相連。你的小腳站在我的地面上。當我全副盔甲，全身上下只有你的直筒連衣裙。當你編髮為辮，等於將它繞在了我的頭上。你有一雙綠眸，我的雙眼為棕。我透過你的綠眸觀望，看見河邊低地燦亮亮長滿了草。你悄悄走到了我的視網膜後方時，會見到湖畔蘆葦之間閃游而過的鱒魚。

我可以用一手抱起你，但你單用指尖就能穩穩將我撐起。昨夜，你氣沖沖地用拳頭弄破了我的脣，又為了野豬在我身上留下的傷疤嚶嚶哭泣。

除非你傷我，否則我不會受傷。

除非你是我的力量，否則我不會強壯。

她叫關妮薇。

謠言漫天紛飛。有個陰謀。莫德雷德和艾格瑞凡告誡國王留意我們，並獻計要將我困在你的房間裡。我一舉殲滅那十二位懦夫，他們渴求我們的勇氣。愛是需要勇氣的，因為愛情是死亡不共戴天的仇敵。愛情是死亡的雙生，在同一時刻誕生，競相爭取支配權。如果死亡奪走一切，愛情也會依樣畫葫蘆。不過，死比愛來得容易。

死亡會擊潰我，可是為了服務愛情，我已被擊潰多次。

我記得，有一天我全副武裝騎馬追你，逼我的駿馬游過泰晤士河尋覓你。一到對岸，我的馬立即慘遭擊斃。

我步行跟上，但盔甲如此笨重，進展備受限制。要不是因為男人永遠無法自行解開盔甲，我多麼樂意把頭盔和胸甲剝除乾淨，將盾牌一把拋開。

穿著鐵衣的男子耗盡力氣、疲憊不堪。我終於來到你的所在之地，將囚禁你的人屠殺殆盡，放你自由。

接著我像個幼童伸長手臂，求你將我鎧甲的鉤子解開、替我鬆開鐵手套的繫帶。我跪下來，你掀開我的護面甲，吻了我。

我那副卸下來的盔甲像我的肖像雕塑一般躺在地上。我裸著身子與你同在，將英雄的防護外殼擱置一旁。我不是蘭斯洛特，我是你的情人。

死亡何足懼？它又無法比你更深入我的身體。

死亡何足懼？它又無法比你將我溶解得更徹底，今日、今夜，始終如此。

死亡無法拆散我倆。愛情和死亡一樣強大。

翌日就是你的奉旨受死之時。

士兵纏綁你的雙手，在你光裸的腳下鋪墊乾草。我騎著我的白牝馬前來，毫不在乎在我劍下紛紛仆倒的人們。我將你抱起，放在身後，載著你前往我的城堡，乞求你伴隨我到法國、到我的領土、到我的心去，永永遠遠。

但你不願背棄婚姻誓約。

接著戰爭開始。那些戰爭摧毀了我們所有人。

多數人怪罪你，有些人歸咎於我，可是對我們愛情的撻伐底下隱藏了眾多其他的怒火，蠢動不安、等待發洩。一開始的於理有據，最後成了正當藉口。纏戰不休，早已無法對任何一方帶來好處。

我策馬奔過燒焦的田野與血染的溪流，苦苦尋覓你的蹤影。我的駿馬以纖細的足蹄小心踩過了死者的身軀。

有人告訴我你進了修道院，我終於在那裡找到你。我下馬走到高牆拱繞的花園，望入小小的格柵。

你不曉得我來了。你當時正坐在低矮的石凳上，雙手伸在身前，掌心向上，彷彿把自己當本書似的極力想讀。雖然你一身黑衣，我也看不到你的臉龐，但是你弓起的背脊、肩膀與脖子，呈現了我因與你歡愛而熟知的彎度。

我看看我那雙曾經愛撫你全身上下的手。為了到你身邊，我如同以往緊抓格柵，原本打算將它從牆上扯下。但你剎時抬起頭來。你看到我，暈厥了過去。

我衝到修道院長那裡，懇求她放我進花園。她猶豫再三地應允了，因為你仍然是王后，而我依然是蘭斯洛特，雖然那些名字的意義已成噪音。

在花園裡，你甦醒過來。你拉高身子、坐得筆直，面色嚴峻。我走近的時候，你舉起一手。我很樂意將自己的心從身體扯出來，只為了讓你再以過去的方式捧住它，將我的核心捧在你的雙手。

「這份愛毀了我們。」你說。

「不是因為愛，是因為別人的嫉妒。」

「我無權愛你。」你說。

「可是你過去愛我，現在也是。」

我往前跨出一步。她搖搖頭。

「只要我還活著，你永遠都不能再見我。」

「讓我吻吻你。」

她搖搖頭。

我驅馬離去，淚水將我變成了座湖。前後七夜我馬不停蹄，不知何去何從。我行過荒蕪的懸崖之下，穿越乾涸的溪谷，最後來到一座禮拜堂與修道院。

我套上隱士的袍子，在那裡悔罪七年。第七年的某個晚上，同樣的夢境重複出現三次。

那個夢交代我將葬禮棺架帶到艾蒙斯貝里，我會在那兒發現王后已逝。我會步行護送她的遺體前往格拉斯頓伯里，將她埋葬在她的夫君、我的君王身旁。

我在翌晨出發，兩天之後抵達目的地。王后已在半小時之前過世，臨終時曾對貼身女侍說，她祈禱只要自己還活著，雙眼就永遠無力再見到我。

我在她身旁走著，感覺年年月月再次回返，又是五月。就是當初我奉旨穿越森林，將關妮薇帶回來與亞瑟王成親的五月天。

在那段迢迢旅程上，我們一同聊天歡唱，在鑲珠的帳棚裡私下用餐。我在那時就愛上她，而我從此無法停止愛她，也無法抑遏身體在見到她的時候欣然躍起。

沒有悔罪能夠平定愛情，沒有懊悔能使愛情變得苦澀。

之於我，你現在關閉、緊闔，有如無門也無窗的房間，我無法進入。可是我曾在敞放的天際之下愛上你，死亡也改變不了此事。

死亡可以改變軀體，但改變不了心。

偉大且具毀滅性的情人

偉大且具毀滅性的情人

蘭斯洛特與關妮薇。
崔斯坦與伊索德。
齊格弗與布琳希德。
羅密歐與茱麗葉。
凱西與希斯克里夫。

薇塔與維奧麗。
奧斯卡與波西。
波頓與泰勒。
阿伯拉與哀綠綺思。
保羅與弗蘭茄斯卡。

族繁不及備載。這份清單你可以自己編寫。有些比其他更偉大，有些更具毀滅性。有些故事經過反覆傳誦，其他則是私下傳講與書信轉述。愛情的腳本有說不完的開端。角色與場景皆會變換。有三種可能的結局：報仇、悲劇、寬恕。

我們想熬夜傾聽的故事，是愛情故事。看來，我們怎樣都無法對這個人生謎題有足夠認識。我們會再三重溫同樣的場景、同樣的話語，試著從中刮取意義。沒有事物比愛情更讓人熟悉。再沒有其他會如此讓我們捉摸不住。

我不曉得在未來，科學是否會系統性地闡述關於宇宙的恢弘理論。但我知道那也不會降低我們解讀內心純文字的難度。它雖然平鋪直敘，但看起來就像一套祕密字母。我們受訓成為研究自己的埃及學者，巴望斷簡殘篇能夠說出一則故事來。我們在夜裡像煉金師一樣埋首工作，掙扎著要解開鏡像與倒轉的字母。我們是邊讀邊用手指畫過精采書本的人們，但當我們回頭要重讀一遍，字母卻已經消隱無蹤。那本書永遠都必須重寫。有時，我們一次頂多只能重寫一個字母。

我對你的搜尋、你對我的搜尋，都是針對無法被發現之物的尋覓。只有不可能的事情才值得努力。我們尋求的是愛情本身，而愛情有時會以人類的形式顯現，但會驅使我們超越人性，進入動物直覺與神祇般的勝利。我們尋求的愛情壓倒了人類的天性。裡面有某種狂野，以及我們渴望程度更勝於生命本身的光榮。愛情從來不計代價，對它自己或其他都一樣。沒有東西同愛情一般殘酷，沒有愛情是不會刺穿雙手雙腳的。

雖說單是人類的愛情並無法滿足我們，不過我們退而求其次。它是在荒野邊緣的紮營，我們點燃篝火、捻亮提燈，娓娓敘說那些失去與贏得的偉大愛情，直到夜深人靜。野地尚未開墾。它在營火範圍之外等候著，美麗又可怖。偶爾會有人起身離開，不得不閱讀自身的地圖，希望那裡真的有寶物。他們對旅程的記錄會以筆記的形式傳回我們手上，有時只是某位死者口袋裡的一封信。

愛情值得為之一死。愛情值得為之一活。我對你的搜尋、你對我的搜尋，超越了生與死，成為荒野裡的一聲長長呼喚。我不曉得自己聽到的是一聲回答，抑或是一記回音。也許我什麼都不會聽見。無所謂。無論如何都必須踏上旅程。

打開

入夜。搜尋引擎悄然無聲。

我頻頻把故事丟上網，像瓶中訊息一般，祈盼你會讀到、巴望你會回應。

但你遲遲沒有回應。

我警告過你，故事交到我的手中，可能就會起變化。我忘了說故事的人也會隨之改變。我在你的掌握之中。

後來更晚的時候，螢幕上有張機票，目的地是那不勒斯。

或許你想要歌劇而不是故事。

或許吧，不過故事已逕自前進。就在那兒，在海浪裡和水翼船與富人的遊艇競相爭逐，看起來就像一只塑膠瓶，只是裡頭裝了東西。

你是不是認為可以隨性開始或停止這個故事？拾起、放下。一點輕鬆的閱讀。一則床邊故事。

僅止於一晚的自由。

這個故事正在閱讀你，一行接一行。

你知道接下來的發展嗎？

來嘛，打開。

打開來……

觀景

岩石之島。面向海洋。上頭覆滿鳥兒。

島嶼恍若從海洋的沉思中升起的念頭。

島嶼就是自身的理念，想像的島嶼和真實的島嶼，真實與想像在如鏡的水裡一同映現。

望入鏡中。你看到什麼？

有躲避帝國陰謀的提庇留⑬。他在那裡，遠古世界的統治者，搭著百槳戰艦遠離那不勒斯，木槳依隨鼓聲篤篤划動，長笛以樂聲撫慰他入睡。

他將卡布里稱為聖地，用莊園、神殿、睡蓮與神龕來為其妝點。現今，觀光業之下留有職業神祉的殘跡⑭。過去的鑲嵌畫只是殘片。一丁點染色玻璃、磚塊的碎角。可是，現下並沒有因此更加完整，只是漆料更新鮮罷了。

觀光客在開放式的遊船上仰起脖子，瞅著悠維斯莊園直看。岩壁陡峭險峻，無法攀爬。遠遠上方，出現了一個小點似的人影。

「*Eccola*⑮！」導遊說，「提庇留把他的受害者從那裡丟下來摔死。*Morte*⑯！*Morte*！*Morte*！」

他表情豐富地展開雙手，整群人用手替原本就戴了墨鏡的雙眼遮光，以便對穿越時光、扭動墜下的軀體有更貼切逼真的想像。

「女人也是，」導遊說，「大壞蛋提庇留。」接著他啐了一口。

---

⑬ Tiberius（BC42–AD37）古羅馬時代的皇帝，在位期間：西元後十四到三十七年。
⑭ 指的是不同行業（職業）的守護神，比方說木匠的守護神。
⑮ 義大利文，就是那裡。
⑯ 義大利文，死亡。

當然，很可能是惡毒的蘇東尼烏斯⑰愛造謠中傷別人。也許提庇留從來不曾把敵人拋入時空裡。一座想像的島嶼編造了自己，參與了自己的神話。這個地方有點什麼，在在暗示著隱情比顯露在外的更多。卡布里曾經徹底遭到劫掠，它的樹林、寶藏、故事。它聲名遠播，超過了兩千年之久。但它就和港口裡的小魚兒一樣，輕易就會溜過知曉之網。

這裡之所以在十九世紀建造大港口，是為了容納時髦的蒸汽輪船。當時，輪船將時髦的英國人批批載送至當地的時髦飯店。在描繪往日港口景象的凹版腐蝕版畫裡，行李堆疊在手推車上，與今日相仿，而現今的計程車站，在當時則擠滿了爭搶客人的馬拉與驢拉四輪車。

斜坡纜車在一九〇六年完成，將港口與主要廣場連接起來，那種陡峭又讓人暈眩的上升坡度，是某種提庇留策略的迷你版。如果上升車廂跟下降車廂之間的張力一減緩，兩輛車廂都會撞穿連幢房屋的屋頂紅陶瓦，一路搜刮橄欖樹和葡萄藤，做為紀念物，最後纜車會連同乘客暴衝入海，鼻子朝前、背脊斷裂，加入從未被發現的其他殘骸之行列。

這種狀況並未發生。上升的車廂替下降的車廂提供煞車功能；下降的車輛則替上升的車廂提供動力。乘客在車上。鈴聲響起，恍如考試開始。司機以義大利人的風格懶洋洋倚著，啜飲小杯咖啡，把杯子拋到一邊之後，便潛入駕駛室、放開煞車。

這就是讓人措手不及的行動時刻。

我站在前頭車廂裡，抓住欄杆，感覺纜車往下移動，穿過陽光往隧道駛去，我覺得自己正在誕生。我發現自己緊攀欄杆，目光離不開單一軌道進入隧道之前的分岔地帶。它分岔成有弧度的菱形，有如女性外陰、深暗的嘴巴。這是島上奉行成長儀式的眾多洞穴之一。

然後我們再次離開隧道，進入陽光、進入港口的熙攘，回頭一瞥那輛滿載靈魂離開此生此世的緩慢車廂。

當時，有如現在，從大港口前往廣場最宜人的走法，就是找私有車載你，一圈又一

---

⑰ Suetonius（約 69-122）是古羅馬傳記作家、歷史學家。

圈繞過不可思議的彎道。駕駛員會一手搭住方向盤、另一手緊黏喇叭不放。他寧可放開方向盤，也不願放棄猛揿喇叭的動作。

大家都偏好那種頂端開放的車輛，運氣沒好到可以擁有工廠車款的司機會自行改裝。他們把車頂鋸掉，有時會留下窗框豎條，有時不會，然後用竹子編出遮棚，用生鏽的彈簧夾將遮棚的一端固定在擋風板上、另一端在後箱蓋上。就是你用來替沒電的電池借電發動的那種夾子。

這些竹車願意替你載送任何東西——孩子、小狗、袋子、單車、船。我看過有位司機把橡皮艇綁在車頂上。他啟程了，船首在前，繞過一圈圈的彎道，這次雙手都放在喇叭上。他說，這是為了安全起見。

時髦飯店非常時髦。最老的一家是「棕櫚」，斜倚在自己的熱帶花園裡，提供賓客僻靜遮蔭的餐桌，讓他們能夠望著蜂擁而來的闊綽購物者，瞥瞥那些人手上的卡地亞和路易威登。

這些商店向來賣高檔商品。十五世紀，梅第奇家族總是來這裡採購浮雕寶石。十八世紀，英國人會來此地收購古代文物。到了十九世紀，紈褲子弟、寡婦與同志會來買層層疊疊堆在龐貝城紀念品旁邊的銀背梳子與黃金菸盒。

現今，從蘇連多過來、當日往返的旅客，參加的是假日套裝行程，堵塞了從商人那兒順暢流往購物者的那道錢財與貨品之河。年齡不明的美麗女人與她們微微猙獰、鐵色髮絲的男伴，在奢華的櫥窗那裡，不得不與雙腿晒得通紅、頂著糟糕髮型的人們競相爭擠。這些流動不息的短褲人群對著每樣物品的高價位嘖嘖驚嘆，才挪步移往下一家冰淇淋店。

夜裡，卡布里有部分回歸到富人的手裡，狗仔隊在葵希沙納大飯店的入口附近晃蕩，等著搶拍電影明星或醜聞，更好的是兩者兼具。

有位懷抱明星夢的年輕人身穿晚禮服，站在門口通道。她提著一只絲質提包，頭髮烏黑如海。她還是無名小卒，攝影機於是轉往別處。

葵希沙納大飯店。是奧斯卡・王爾德出獄之後造訪的地方。他簽名時，將自己署名為西巴斯金・梅莫斯。他疲憊地坐下來享用晚餐，但經理最後還是請他離開。

穿白外套的服務生、一身暗色西裝的經理、身穿亞麻洋裝與手縫襯衫的商人，對於每個人的身價，以及某樣東西對各人來說價值多少，全都瞭若指掌。尊重與操縱之間的平衡，計算得極為精準，就和斜坡纜車的煞車系統一樣。這樣的張力讓整個系統可以順暢運作。這座島嶼本身就是陸地與海洋之間、高度與深度之間的張力。窮人與富人向來分住那棵橄欖樹的兩側。稚氣與見識的矛盾，就在男孩的神情與女孩的笑聲裡。對卡布里來說，成功的祕密就在這些張力的維持之中。

不會太鬆弛，也不會太緊繃，那就是卡布里。

我正坐在廣場的酒吧那裡。其實我就坐在廣場裡面，酒吧用竹椅往外擴張領地，竹椅就塞在和碟子一般大小的竹桌之下。

我把筆電架在膝蓋上——沒有其他地方可放。我正在喝濃縮咖啡搭一片卡布里派[18]。那時我看到了你，就在酒吧的區域之外，正要越過廣場。

你穿著無袖洋裝搭涼鞋，我這才意識到，你就是那些年齡不明的美麗女人之一，而你那位面貌略微猙獰的男伴正有一頭鐵灰髮絲。我知道我算什麼。渺小、若有似無、局外人。沒人會多看我一眼，即使他們曾經注意過我一次。我看得出來，你很習慣他人的目光。

你在販售厚重的紫水晶珠寶店外停駐腳步。店員像瓶中精靈一般幽幽浮現，眨眼間就把你像封瓶似的困在店裡。讓我有足夠的時間可以付完帳、收妥筆電，並且觀察你的丈夫。如果那是你丈夫的話。

他雙手塞在口袋裡，查看一下手錶，戴上墨鏡、走去俯瞰港口。接著踅了回來，在商店外頭來回踱步，繼而走了開來，往望遠鏡裡投擲硬幣。我猜他是個帶著遙控器度過人生的男人，永遠忙著轉換頻道。因沒發現足以挑起他興趣的東西，於是乾脆關掉、瞪著虛空。

你走出店外，和個電影明星似的眉開眼笑，手上有個包裹。你勾起他的手臂，吱吱喳喳說個不停，指東又指西，他則匆匆點點頭，張望片刻，刻意想起自己該玩得盡興。

我尾隨你們兩人下坡走到葵希沙納，躲在一幫美國人和他們的領隊後面。你正在等電梯，突然間，你迴身邁向櫃檯。這就是我的機會——不是找你說話，而是查出你的房號。我跟著你丈夫步入電梯，尾隨他在三樓一同走出來。在他走進二十九號房時，刻意路過他身邊。

好了。

我現在需要做的，只是等待。

---

⑱ Torta Caprese 是一種義大利傳統蛋糕，巧克力加杏仁或核桃，起源之地就是卡布里。

傍晚時分。空氣好似一枚親吻。

我正坐在葵希沙納對面的矮牆上。狗仔隊彼此開著玩笑。有個男人在涼臺上對一群日本人拉手風琴。我在這裡坐了幾個鐘頭，小心翼翼將自己藏在杜嘉班納牌的墨鏡後方，鏡框與伊斯蘭教女子全罩式長袍的眼縫一般細薄。我無意追求時髦，只不過墨鏡是在義大利買的，殊途同歸。

我正在筆電上打字，試著把這個故事推展下去，試著避免走到終結，試著讓真實的與想像的世界彼此碰撞，試著確定哪個是哪個。

我寫得越多，越發現真實與虛構的畫分，就和廉價旅社的牆壁一樣單薄。我聽得到另一側的人聲，流水淅哩嘩啦、瓶子吭噹互撞、房門開開關關。我起身踏出房間到走廊上，一切靜悄悄、杳無人跡。然後，就在我認為自己曉得不存在與存在兩者的相對地理位置時，隔牆的房間卻傳來椅子刮磨的聲響，有個女人的聲音：「你就是不懂，對吧？」

我坐在電腦那裡，心裡接受了這點：我在那裡所發現的虛擬世界，與我自己的世界是平行的。我無法證明我談話對象的身分。我消失在座標網絡裡（人們說它即將改變全世界）。什麼世界？哪個世界？

以前是這樣的：真實與虛構是永不交會的平行線。後來我們發現，空間是彎曲的，而在彎曲的空間裡，平行線永遠會交會。

心靈就是個彎曲空間。我們經驗到的、我們所編造的，一軌接一軌，同時往前延展，整個匯流成一道，煞車桿放了開來。原子與夢境。

入夜。

他漫步踏上露臺，服務生領他到桌邊。是的，我知道她此時會在做什麼。我以前看過。

我連忙步入旅館，上到三樓，沿著走廊趕往二十九號房。她穿著黑色小洋裝，最後一次掃視自己的臉龐，再將銀製化妝鏡啪答闔起、塞回提袋。

我站定不動，等她弄完。

她忽地抬頭，滿臉訝異。

「你來這裡幹麼？」

「見到我你不高興嗎？」

「高興、不高興。聽好了，我今天晚上有事。」

「我曉得。」

「你一直在監視我。」

「只有一會兒。他是你先生嗎？」

她點點頭。

「明天如何？一起午餐？」

她搖搖頭。

「那你挑個時間嘛。」

「中世紀如何？」

「東西沒那麼好吃。」

她開始穿過走廊邁向電梯。我跟上她的腳步，然而並未伸出手。她皺著眉頭、不發一語，我們搭著移動的鏡廳，默默快速往下挪移。我們往外步入大廳時，她頓住腳步。

「這樣不大好。」

「是你告訴我你會在這裡的。」

「我沒想到你會跟著過來。」

「把它當成巧合嘛。」

「我得走了。陪我走到外面，然後說再見。」

「再見？」

「我不想費力氣解釋。」

「對我還是對他？」

「你們兩個。」

「所以你會說我是你在大廳遇到的人。」

「如果他注意到的話。」

「就看他在哪個頻道了。」

「什麼？」

「當我沒說。」

「別鬧場⑲，可以吧？」
「我又不是劇作家。」
「艾利？」
「嗯？」
「對不起。」

她掐掐我的手，然後走到她那桌去。他站起身來。有杯香檳正等著。「*Deux coupes de champagne*。」她在巴黎說過。現在我想應該是說「*Due coppeta de champagne*」吧。有如英文，香檳也是國際通用的語言。她說得很流利。

我遲疑不決地望著他們，決定在櫃檯留張紙條。我寫著：「馬特麗塔披薩，安那卡布里，晚上十點半為止。」

我沒留在卡布里。對我而言，那裡太擁擠、太昂貴也太吵雜。我在安那卡布里租了個小地方，在俯瞰海洋的高高山坡上。我閱讀、游泳、工作，餵浪貓吃碎肉派。

我剛來這裡的時候，屠夫們臉上流露的同情讓我意識到，他們以為我是只吃碎肉派的英國人。這點讓我每天討「半磅咖啡壺」（我好像一直都這麼做）的屈辱更深一層。原來我一直把 *macchinetta* 跟 *macinato* 搞混了。一個字是碎肉派，另一個字是他們放在爐上加熱的鋼製咖啡壺。

安那卡布里是島上高處的小村莊。那裡有個公車靠站的忙碌廣場，遊客會到那兒搭纜車上索拉諾山，隨後就可以享受「英式吐司」。張貼的告示是如此鼓舞人心。

好些時髦商店以廣場為起點向外蔓延，還有向來挨挨擠擠的觀光攤子。可是還有點別的，我不大解釋得來……

沿著歐倫帝尼路往下大約走到半路，有道隱形的柵欄制止觀光客前進，我完全看不出原因何在。他們就是會掉頭回來。是的，就是那樣，他們竟然掉頭回來了。

如果繼續走，你會來到安那卡布里的真正中心。有教堂、教堂前方的廣場。有蔬果商、魚販、麵包店、藝品雜貨店、書店、藥房，以及你可能想要的一切。而且沒有遊客。

---

⑲「鬧場」原文的字面意思是做一場戲。

所以為什麼我不算遊客？

遊客哪兒都能去。不管是什麼地點都無所謂。只是另一個電視頻道。

我去了卡布里的公車站，與有點歲數的大嬸、下班的服務生，輪流擠站在轟隆作響、小如彈丸的柴油巴士上，巴士汽缸火力全開，使勁登上扶梯似的道路。懸崖壁面加裝網子，阻擋岩石掉落；壁面四處雕有聖母像，在她的藍光底下含笑俯瞰眾生。

每當抵達某個特定彎處時，我都會往身上比畫十字。巴士裡的其他人也是。

我們在紀念廣場下車。女人提著細繩網袋隱去身影，男人聚站片刻，夾克甩披肩上、點起香菸。我往下朝著那道隱形柵欄走去，越過柵欄的時候，湧現一陣輕微的刺癢感。我得到接納，我已到了另一邊。

我認識馬特麗塔披薩的人，他們總是替我安排露臺的餐桌，可以俯瞰教堂與廣場。我並未立刻開口點任何東西，但還是有人端了一壺紅酒和一籃麵包過來。

我可以看到老爹手持長柄槳，將披薩餅從柴火烤爐推入與撈出。老媽坐在附近的收銀臺那裡，眼鏡用線繩掛在脖子上。女兒女婿負責和顧客打交道。她膚色黝深、光采動人；他年輕好看，像海盜一般將頭髮往後綁起。

食物非常可口，他們說全是照著祕密食譜做的。他們對自己的廚藝、對彼此、對新生兒都很滿意。你可以嘗到那種歡樂，味濃如羅勒。

接著，事情照我設想的方式發生了。你來了。

你已經褪下黑色小洋裝，換穿戰鬥長褲與兜帽運動衫。也就是，附有兜帽的喀什米爾運動衫。你將頭髮束成馬尾，戒指與珠寶飾品都不見了。

你看到我後，走過來坐下，雙手捧住腦袋片刻，笑盈盈的。

「你這混蛋。」

「他們這裡只說義大利文。」

「不好笑。」

「你為什麼會來？」

「你想我為什麼會來?」

「因為你是雙子座，必須同時身處兩地。」

「多謝你的假星象學。」

「好了，現在來點假心理學：你們吵了架，你暴走出來。」

「很不巧，的確是。所以我才有空來這裡，但那不是我來的原因。」

「好吧。告訴我。」

「這就是原因。」

她吻了我。

我們聊天的當兒，飯菜擺到了我們眼前。我們都點了風乾牛肉佐芝麻菜，加上帕瑪森起司的透明切片。接著她吃包在紙裡用柴爐烘烤的鮮魚。我吃的是披薩，餅皮脆得像冷卻的岩漿，黑殼上四處起泡，上頭鋪了水牛莫札瑞拉乳酪與剛從藤蔓鮮採下來的蕃茄。

我望向廣場。母親與祖母坐著閒談，男人則群群站在一起，孩子們在玩某種複雜版本的躲迷藏遊戲，把教堂大門當成邊線。

有個穿著短褲與靴子、襯衫沾有汗漬的澳洲人走進廣場，從背包裡拉出一塊飛盤。他稍微超重，女友膚色健美、四肢修長。他們開始拿飛盤射向對方，小心翼翼、安靜無聲。她東閃西挪，他卻站定不動，但總是穩穩接住，彷彿能將飛盤召喚到自己身邊。

義大利孩子一個個加進來，再來是幾個父母。最後，整個廣場大約有二十人圍成玩飛盤的圈圈。澳洲人不會說義大利文，義大利人也懶得說英語。規則、形式與技巧全用比手畫腳來傳達，笑聲就是口譯員。

想像廣場的模樣。

長長的一側是馬特麗塔披薩餐廳，較短的一邊是教堂。另一個長邊是一家更小的餐廳和幾棟房舍，廣場的第四邊則通往街道。

聖索菲亞教堂有扇雄偉的大門，左右兩側的壁龕裡高高立著兩尊對稱的雕像。一位是安那卡布里的守護神聖安東尼，另一位是聖母。

想像廣場的模樣。

興奮、笑聲、飛盤咻咻飛出弧度，新加入的人推擠進來，玩累了的人陸續退出。忽地，有個男孩把飛盤丟得太高太快，紫色的塑膠圓形好巧不巧就套在聖母的頭上。

哎！媽媽咪呀！

沒人知道如何是好。

突然有個身穿黑衣的大嬸走出來。她抓住澳洲人的手，要他站在雕像下方。她往自己身上比畫十字，用手勢示意他如法炮製。他笨手笨腳地照做了。

接著她對著自己的兩個兒子大喊，那是穿著短袖襯衫的壯碩漢子。他們也在聖母面前比畫十字架，然後耐著性子站在澳洲人的兩側。

大嬸把她的少年孫子找過來，他們全都精瘦如扁豆。孫子朝自己身上比畫十字，順著大嬸的手勢，被抬到了三個大男人的肩上。三個男人的手臂繞著彼此的腰際，雙腳撐開、穩穩站定。

大嬸吹了聲口哨，有個三尺高左右的小小孩跑著過來，猴子般快手快腳攀上這座人體鷹架。鷹架基座汗流浹背。少年怨聲連連，頭髮、眼睛、嘴巴和耳朵一路遭到扯扯又拉拉，最後小小孩終於站直了身子。他往前傾身，想把飛盤從聖母頭上撥下。地面傳來一聲咒罵。他低頭看見大嬸朝他揮舞拳頭，於是愧疚地點點頭，往身上比畫十字，再接再厲。

他一把抓住飛盤，發出愉快的歡呼轉過身來，雙腳牢牢扣住表堂親的肩膀。他們的手緊抓著他削瘦的腳踝。他說了點什麼，他們因而放開了他。他頓足躍入空中，雙手高舉朝天，把飛盤當降落傘一般攀住。他跳入半空，彷彿自己是空氣做的，毫無重量，無所限制，不受地心引力的堅持所擾。

在飛翔與墜落僅有一線之隔的剎那，他母親拔腿往前衝刺，雙手大大一揮便接住了他，母子一同倒落在地。

她一邊斥責一邊讚美他，人人簇擁過來，酒從餐廳端出，冰淇淋盛在大如洗禮盆的缽碗裡。

人人都向聖母致意。塑膠的聖母。錯誤的聖母。目睹一切也寬恕一切的聖母。開得起玩笑的聖母。

今晚，等窗簾拉起，廣場星光點點、一片靜謐之際，聖母與聖安東尼或許會嘲笑那些遊戲，一如既往地回顧當日種種，隱形人生的觀察者與守護者。

有那麼多的人生包裝成一個人生。我們自以為認識的那個人生，只是在螢幕上開啟的視窗。那扇大窗充滿細節，意義常在眾多事實當中散佚。如果我們可以關上那扇窗，無論是刻意或隨機，就會在後面發現另一番景致。

這扇窗戶比較空。交互參照的內容隱密難解。我們將它往下捲動，尋找熟悉的東西，似乎跟著捲進了另一個自我——我們認得但無法明確指認的自我。座標不見了，或者該說，座標在我們存在的界限之外，精準標出了我們的位置。

如果我們再往後挪移，穿過其實是出入口的更小窗戶，能夠用來衡量自己的東西就會越來越少。我們進入了陰暗的地帶。單一的字眼可能會出現。一個圖示。這個圖示是個私密的聖母，一位嚮導，一種理解。我們對它的記憶常常來自夢境：「對，」我們說。「對，這是一個世界。我到過這裡。」有如來自童年的氣味，這份記憶在我們心中浮現。

這數種朝我們逼來的人生非得受到傾聽不可。

我們是自己的口述歷史，活生生的時光回憶錄。

時光下載到我們的體內。我們容納它。不只是往昔的時光與未來的時光，還有無止無盡的時光。我們老把自己想成封閉與有限的，但我們實則是多重與無限的。

這個人生（我們所知的這個）正佇立於陽光之下。它是我們的白日，圍繞於周圍的星辰、星球都無法被看見。對於其他人生（依然屬於我們）的感受，在夜間的陰暗或我們的夢境裡更為清楚易見。有時，全日蝕讓我們在白天見到自己通常看不見的東西。隨著我們太陽暗去的同時，其餘燦爛光輝隨之顯現。這樣的奇異幻覺會跟著產生：回頭越肩望去，會看到太陽以兩千英里的時速朝我們衝來。

不管我往哪裡去，都亦步亦趨跟著我的，是什麼？

她摸摸我的手，說：「你會永遠跟著我嗎？」

「人生是條直線嗎？」

「沒有直截了當的答案嗎？」

「在我的宇宙裡沒有。」

「那是哪個宇宙？」

「被你的宇宙彎曲了的那個。」

「我喜歡你睡覺的時候背脊彎起的弧度。」她說。

「那麼在巴黎的那個晚上，你為什麼起身消失？」

「我是不得已的。」

「為了拯救自己脫離險境嗎？」

「為了拯救我對自我的感覺。你讓我對自己是誰產生了疑惑。」

「你是誰？」

「同時想得到兩個世界最好部分的人。」

「所以你相信現實不只一個？」

「不是。只有一個現實。其他都是逃避的方式。」

「就是我嗎？是逃避？」

「你說過你不會用事實來牽制我的。」

「你已婚的這個事實？」

「你何必一直去想那件事？」

「因為你自己一直在想。」

她說了點關於她父母那代人的人生。當時養家餬口、安居樂業就已足夠。為什麼如今再也不夠了呢？為何大家都想中樂透或是變成電影明星？或是出軌？

我握住她的手。我很快樂。我就是忍不住。她在這裡。我很開心。

「跟我去看馬術場地障礙賽吧。」

「什麼！」

「*Concorso Ippico*[20]。今天晚上十一點。現在。」

「你瘋了。」

「不，我沒瘋。我喜歡馬。來嘛。」

她疑心重重地瞅著我（就像你提及動物時知識分子會有的反應），握住我的手。我們一同穿過波弗路，往達梅庫塔走去。我們已能聽到評論員千篇一律的麥克風聲音，也看得到賽跑場的泛光燈。

空氣中瀰漫著九重葛的氣味。當我們路過街道上方挨挨擠擠的混亂屋群，成串樂音從敞開的窗戶斷續流淌出來。有隻狗吠叫起來。有人將電視的音量開大。我們腳下傳來

---

[20] 義大利文，就是場地障礙賽。

一道細水從軟管流出的聲響。

我們轉入達梅庫塔的時候，通往賽跑場的路線大放光明。煤油倒進了赤陶淺盤，每盤都附上燈芯，而這些亮灼灼的火焰就擱在地上，照亮了群眾的雙腳。我們看起來就像以火焰為雙足的神祇，就像為彼此熊熊燃燒的情人。

我們以火來調整腳步，最後找到了通往露臺的路，跟著一群興奮喊著馬匹賽況的孩子們蹲在前頭。擴音器正在播送《天鵝湖》。

接著騎士穿著白色馬褲走出場，夾克尚未穿上，以腳步測量障礙物之間的距離。這將是一場計時賽事。時間最快、失誤最少的即將勝出。

你說，要是我們都有機會在競爭之前先把路線走過一遍，該有多棒。

我說，我們一直在走這條路線啊，只不過一等跳躍的時刻到來，我們還是拒絕跳躍。

你怒目望著我。

《天鵝湖》的樂音突然隱去。評審們聚集在包廂裡，評論員告訴我們頭一位騎士來自瑞士。

鈴聲響起。馬匹伴隨騎士走出。騎士朝著包廂舉帽致意之後，他們就出發了，沿著曲線疾步奔跑，揚起陣陣紛亂的沙塵。

你就坐在第一個五尺高的障礙物旁邊，馬匹躍過障礙物時，我聽到你因為那種美麗的努力及努力的美麗，驚愕萬分地倒抽了口氣。

沒有不費功夫的美麗，你該要知道。

凡是努力，沒有不美的，無論是抬起一塊重石，抑或是愛你。

愛你就像抬起一塊重石。不去愛你反倒輕省，我不大確定自己何必硬著頭皮上陣。它耗盡了我所有的力氣和決心，我曾經說過我再也不要這樣愛人了。愛上某個你醒來不見得看得到的人，這樣說得過去嗎？

阿爾奇先生那匹瑞士馬這一圈跑得雖順暢，卻緩慢。我原本要和你說說話，但你完全沉浸在馬的跳躍動作裡。

這些風險很有意思：如果目標在於追求速度，撞倒橫桿的風險就會隨之變大，還是說你希望穩紮穩打、以零失誤為追求目標？

頂尖的騎士可以兩者兼顧，但所有的騎士都受制於同一項規則：如果馬匹拒絕跳躍，就必須強迫牠重來一次。騎士必須勸牠繞回原地，說服牠縱身跳躍。馬會突然心生恐懼。

我也是，不過在這個人生裡，你必須自行跨越障礙。

後來散步回家，穿過和每個轉角的貓咪一樣細瘦烏黑的巷弄，你用胳膊攬住我，再次追問。

「你會永遠跟著我嗎？」

「是誰在跟蹤誰？」

「我正好開始納悶這件事。」

「一個圓圈上有兩個記號。哪個在前頭？哪個在後方？」

「都不是。」

「那我們就是彼此跟隨。」

「你相信命運嗎？」她用人們講這句話時慣用的緊張語調說。

「相——信。」

「你的語氣不怎麼有把握。」

「命運不是放開韁繩的藉口。」
「好吧，可是萬一你發現自己騎到了一匹完全不同的馬呢？」

我們很快就回到我的租處，我問她要不要留下來過夜。
「所以這一次我不用哀求嘍？」
「今晚行乞的是我。」
她用雙臂摟我入懷。「我真希望我可以解釋一下。」
「解釋什麼？」
「噢，我知道你對我有什麼看法。」
「我對你的看法，和我對你的感覺，完全是兩碼子事。」
「你通常都和你瞧不起的人上床嗎？」
「我不是那個意思。」
「我要你當我的情人，不是當我的評審。」

她說得沒錯。把事情搞得一團亂的是我。她要怎麼過生活，由她自行決定。如果我不喜歡，自己就該閃得遠遠的。如果我不喜歡，我就該實話實說，然後把門關上。

她的雙臂溫暖而緊繃。

「你到底想要什麼？」她說。

我想要能夠打電話給你。我想要能夠敲你的門。我想要能夠保留你的鑰匙，並把我的鑰匙交給你。我想要公開與你出雙入對。我希望沒人會閒言閒語。我想要和你一起下廚煮晚飯。我想要和你一起購物。我想知道，除了彼此，沒有什麼能夠介入我倆之間。

我們一同躺在闃暗裡。蠟燭已經燒盡。屋外的風咻咻鞭打躺椅的帆布。我聽到一只塑膠杯被吹得滾來翻去。

你正在睡。

為什麼其他事情都沒有這點重要？

為什麼你好像在書寫我給我自己？
我是個訊息。你改變了箇中意義。
我是你重新繪製的地圖。

跟著它走。埋藏的寶藏真的就在。存在的，以及可能存在的，一同於真實的核心結合。所有對人生看似如此關鍵的隔離、區分、死巷與諸多不可能，都發生在人生的外側邊緣。如果我可以依隨地圖走得更遠，如果我可以拒絕虛假的結局（虛假的開頭是無所謂的），我就可以找到時光停止的地方。死亡停止的地方。愛情所在的地方。

在時光之外，在死亡之外，就是愛情所在之處。時光與死亡無法耗損它。

我愛你。

早上，雷電在島嶼四周轟隆作響，潮浪頂著白沫，鳥兒靜默無聲。
我喜歡島嶼，因為天氣如此變化多端。

我喜歡早晨風雨交加，午後如水中珠寶一般清澈閃耀。把你的手伸進水裡，往海膽或貝殼探去，欲想的東西從來就不會躺在你安排的地方。愛情也是同樣道理。在預期或默想之中，愛情就在它看似存在的地方。想伸手進去拿出來，手卻錯過了目標。水比你原本估計的還深。你把手探得更遠、全身使勁緊繃，最後別無他法，只能整個滑進去。比你原先判定得更深，深得多了。但那東西依然讓你捉摸不著。

我把濾煮式咖啡壺放在火爐上，拿碎肉派餵給貓吃。至少我希望我當時這麼做了。小蜥蜴在蔓生的樹藤底下快步疾行，一列常見的認真螞蟻正要把帕瑪森起司細片運往牠們的儲藏之處。

在聖櫟樹裡，黑鳥在我替牠擺出的水盆裡完成晨浴。牠以歌聲做為回報。牠歌頌著世界的早晨，對牠來說日日都會發生，不受記憶所玷汙。這座島嶼是新穎的，樹木在牠腳下生長，快樂的歌聲滲入了牠的中空骨頭。牠有如音符般輕盈飛翔。

咖啡壺的嘶嘶聲與咕嘟響讓我想起手頭上的事。我把白色小杯吭吭噹噹放在大理石流理臺上，倒出滾燙的黑咖啡。我小心翼翼將兩只杯子端進臥房。那股氣味飄入你的夢鄉，你隨著它穿越睡意，回到白日。

「幾點了？」你咕噥。

「七點。」

「太可怕了。」

你癱倒回去。我用枕頭把你撐起來。

「你說你想要早點被叫醒的。」

「我又沒說要半夜。」

「天光已經出現幾個小時了。」

「在我的世界裡，它並沒有。」

「把這個喝了吧。」

你從杯緣唏哩呼嚕啜飲一口。

「太濃了。」

「我還以為你喜歡濃咖啡。」

「液體不該是固體。」

「這可以給你啟程的動力。」

「去哪裡？」

「你的旅館。你說過的。」

「也許我待這裡就好。」

「你不能。」

「為什麼不行？」

「你想要多少個好理由？」

「你為什麼不下山去幫我把衣服拿過來？」

「你要我去找你先生討你的衣服？」

「對。」

「我又不是邦尼兔。」

「什麼意思？」

「意思是，他要是扯掉我的腦袋，它可是不會自動彈回原位的。」

「他才不會扯掉你的腦袋。」

「那我應該說什麼？」

「說我病了。」

「好，你病了，所以你需要所有黑色小洋裝……」

「我當然需要。」

「試試別的說法。」

「說你是我從伊利諾州來的表親。」

「我不是你從伊利諾州來的表親。」

「就作家而言，你還滿堅持事實的。」

「事實是，你先生就在山下的葵希沙納。」

「事實是，我的情人就在這裡……」

她把咖啡擱下。

「在床上……」

她傾身過來，將我拉往她身上。

「和我一起。」

我們再次起床都十點了，那便證明提早開始根本毫無意義。我不是習慣早起的人，但還是有人把美德和早起緊緊綁在一起。習慣熬夜的人（也就是我）是墮落的。早起者過的就是清淨生活。哎，今天早上我難得早起，看看我最後淪落到什麼下場。

第二壺咖啡正在爐上咕嘟冒泡。你肯定是吸入了一絲良心，因為你突然說——

「我應該打電話給他。」

「這裡沒電話。」

「你的手機在哪？」

「在倫敦。」

「放在那裡幹麼？」

「完全沒幹麼。」

「我在哪裡可以找到電話？」

「不知道。可能要到廣場吧。」

「那我走上去。」

「我陪你去好了。」

「唔，也許我應該走了。」

「你三個小時以前不是這麼說的。」

「別欺負我。」

「我沒欺負你。」

「你沒有電話不是我的錯。」

「你結了婚也不是我的錯。」

「別又提這個了。」

「怎麼——這個話題讓你厭煩了嗎？我的愛？」

「對，很不巧的，就是。」

「那麼，你他媽的滾吧。」

「什麼？」

「我要你滾。」

「好。很好。」

她走出這個地方，一次踩兩級陡峭的階梯。在我手忙腳亂把火爐的液態氣體關掉、抓起鑰匙追上去之前，她已在垂直的巷弄裡隱去身影。

「你應該放她走的。」我自言自語。雙腿卻不理會我。「老天爺，放她走吧。」我的心怦怦猛跳。我怒火中燒。是氣自己還是氣她，我不曉得。血液就是使勁推擠著思緒。氣我或氣她，我沿著小徑大步走跳，拳頭緊握鑰匙，一邊聽著有如脈搏跳動的教堂鐘聲。

我抵達紀念廣場時，看到她消失在一輛拉下車頂的白色計程車裡。我連忙衝到計程車站。戛然停步。我竟然沒帶錢就出門了。我翻遍口袋，頂多只找到一張五千里拉的鈔票。

好吧。搭公車。

我排隊等車。陽光過於炙熱，我沒塗防晒霜，汗如雨下、口乾舌燥。我的臉和石像鬼似的（沒戴墨鏡），血壓飆高到可以住院的地步，心臟像遊客的冰淇淋一樣逐漸融化。

半小時裡，對面的公車一班接一班駛過，我一直勸自己說：「搭上去啊，往下坐到法羅，直接去游個泳，把她從你身上洗掉。」可是要那麼做已經太遲，於是我像個白痴一樣站在那裡等候。

公車終於到了，我推推搡搡上了車，衝向一張橘色塑膠椅。這種事情幾乎沒什麼浪漫可言。要是我是在寫書，就會安排自己帶更多錢出來，也會記得戴上墨鏡，還會順便點首配樂。實際情形卻是：公車一路滑行下坡、猛按喇叭，直至終點。一隻肥手抓住鍍鉻欄杆、另一肥手捧著整袋洋蔥的女人，鞋跟不停戳進我的腳，害我最後跛著腳下車。

所以我就是這樣：汗流如馬、狼狽似狗、和雞一般跛、和教堂老鼠一樣窮、如跳蚤般惶惶不安，直往葵希沙納走去，門房想當然不肯放我進去。你知道嗎？我連收買他的錢都沒有。

講了一堆破義大利文，我終於成功說服他撥電話到二十九號房。

有回應嗎？

Niente[21]。

我悄悄離開，路過卡地亞和路易威登，經過我連一杯酒都買不起的酒吧、走過滿臉譏諷的服務生和換匯所那位掛金手鐲的男人，他朝我瞟了一眼，目光表明：「窮鬼。」

---

[21] 義大利文，完全沒有。

我爬回公車總站的油膩地板，買了回安那卡布里的車票。我乾渴到能把公車散熱水箱的蓋子旋開，往裡頭丟根吸管，如果我有吸管的話，或者如果我買得起一根的話。我下定決心再也不要陷自己於這種境地。我們從震耳欲聾的二檔換成了威脅生命的三檔，我對落岩聖母祈禱，請給我清明的理智，別讓自己粉身碎骨。

夜幕

入夜。螢幕。敲鍵答答答。答答。答。

任何人都能閱讀的編碼訊息。

我一直在講這個故事，不同的人物、不同的地方、不同的時間。可是總是你、總是我、總是這個故事，因為故事是連接兩個世界的鋼索。

以縮圖呈現

遍尋不著幸福，只在過去才找得到，沒什麼比這點更令人悲痛。

這是弗蘭茄斯卡·達里米尼和她情人保羅的故事。你可以在薄伽丘的作品裡找到。可以在但丁的作品裡找到。也能在這裡找到。

我父親的城堡是石頭打造的。那石頭和闃暗一樣厚重。闃暗之於城堡內部，等於石頭之於城堡的外部。滴水不漏、無法攀爬。那種石頭般的陰暗，沉重有如思緒。

闃暗石頭重重壓迫著我們。思緒朝我們逼來。我們沿著凜冽的走廊，往前推滾那片陰暗。陰暗在房間裡堆疊累積，坐在我們的椅子裡等候。我們等候。

那座城堡是陰暗與陰暗之間的休止。它填滿某人的思緒與行徑之間的空隙。那座城堡是我父親親手設計。我們彷彿就在他的體內生活。

城堡裡，家具是西班牙進口的黑櫟木。我們點火取暖的那個房間裡，有張擺放燭臺的黑色長桌。我在桌邊第一次見到保羅。

Paolo il bello[22]……

我父親古依多與里米尼的君主馬拉帖斯塔彼此爭戰多時。他們策畫一場聯姻，做為求和的條件，而保羅在家臣侍從的伴隨之下，前來拉文納接我。

我們用蠟燭點亮幽暗的大廳，將一點陰暗逼走，讓它蹲伏成奇形怪狀，恍如遭到鞭

---

[22] 義大利文，俊美的保羅。

打的事物。

我們一身黑色裝扮，我和母親都是，因為父親告訴我們天天都是哀悼之日。我未穿戴飾品，不過髮絲鬆散流動，有如在我窗戶下方隆隆咆哮的大瀑布。正如大瀑布受到水車的馴服，我的頭髮也被辮子收服，只不過兩者都掙脫逃逸了。

我盡可能把自己裹緊才下樓去。

房裡有道奇異的光線。不是爐火，也不是燭光，更不是戶外風雨造成的效果。我不敢抬眼去發掘來源，而是默默走著，視線朝著桌子低垂，父親在那裡將我介紹給保羅。我沒抬頭，只把手朝他伸去，他往我的手送上一吻，將戒指套入我的指頭。

整場飯局下來，父親只對外交使節說話，什麼都沒對保羅或我說。我聽到保羅對我母親講話，嗓音有如長笛或風管的樂音。我想看看他，但無力抬頭。

飯局末尾，我的母親、父親、所有使節與僕人驟然退出房間。碗盤全沒清理，灑濺的酒漬還留在桌上。我感覺得到保羅正看著我。

轟隆隆的低沉噪音響起，彷彿有人將帶輪絞架推了出來。一見地板的陰影，我才明白有華蓋的大床被推進了房間。

我沒抬高視線，但皮膚冰冷如蠟。

我聽到保羅起身，繞過桌子到我坐的這側，握住我的手、指示我起身。

「弗蘭茄斯卡，」他說，「讓我看看你的胸脯。」

我動彈不得，但他的雙手跟鷹隼一樣篤定，轉眼便將我壓在他的下方。

我們躺在床上，他吻了我，然而僅止於此。他一手搭在我的胸脯上，另一手輕柔撫搓自己，直到他感覺我回應他的吻。然後，他將我的手帶到他的手活動之處。此刻他的手閒空下來，開始扳開我的雙腿。

那種歡愉，就和歡愉的思緒一樣教人震驚。

翌晨，我們兩人一身白，像幽魂一般輕易穿越我父親城堡的石牆。我這輩子從未到過城堡暗影之外的地方。徽旗尖端灑下的影子向來標示了我散步的範圍。不管到哪裡，我的影子都緊緊相隨。

今天卻不是如此。

今天是太陽、天空、鳥啼、開放的臉孔，而我在心裡向父親的戰爭表示感恩，因為它催生了這樣的愛情。

我們策馬前行，光線一路伴隨我們。他就是光。

Paolo il bello。

我的愛人，我鍾愛的人，我的愛。

我無須述說我們沿著海岸在光輝中騎行時是如何打發時間。我內裡有種輕盈感，必須將自己綁在馬鞍的前橋上，免得和鳥兒一樣高高飛揚。我大膽如椋鳥。你從你的盤子餵我。我的視線總是追隨你。我認為你就是教堂窗戶上的天使之一。我們一同飛翔，陽光讓你的翅膀彷彿鋪貼金箔。時光伴我們一同飛馳，不久，放眼即是你父親的領土。

我注意到你的改變，某種消沉與安靜，那是我無法理解的。我以為你以我為恥，但你搖了搖天使般的美麗腦袋，要我靜候。

我聽話照做。過去我就一直在等待，恍若這輩子都在等待。「人生是什麼？」父親曾說，「不就是等待死亡嗎？」

接著響起號角與腳步奔走的聲音，群眾逐漸聚攏，長條旗啪啪翻飛。一組披著銀製挽具的白馬現身，拉來一輛馬車。裡頭坐著怪異黝黑的畸形男人，一身皮衣，手指戴滿戒指。

你轉向我，語不成聲，恍若水波沖擊著它磨損不了的岩石。「那個男人就要成為你的丈夫了，」你說，「那個男人，是我哥哥。」

噢，俊美的保羅，你當初為什麼騙我？

快說你現在才是騙我的。

婚禮在當天下午舉行。

我丈夫還不到四尺高。保羅的身軀有多英挺，他的身體就有多扭曲。這些東西不該怪罪在他身上，但他的心是他自己所造成，正如他的軀體受到美的忽略，他的心也不曾受過仁慈的薰陶。除了狩獵與女人，他什麼都不在乎。他用同一條皮帶來笞打狗和妓女。

要不是我受過別種方式的教導，我與他共同度過的那些夜晚的恐怖原本是可堪忍受。要不是保羅曾經吻了我，讓我從死中復活，相偕度過區區幾個天寬地闊的日子，否則我童年生活的墳墓以及我婚姻生活的墳塚，將崩解下來融成一氣、難分彼此。

然後，幾個月之後，我丈夫出門在外，保羅來到我的房間。他提議我們用閱讀來消磨時光。受雇來當我獄卒的侍女短促點頭，表示同意。

每天早上保羅都來找我，我們一起閱讀湖之騎士蘭斯洛特，還有他對關妮薇王后的愛情故事。

我們高聲朗讀，當中摻雜了諸多停頓、多次破碎的嘆息以及匆匆的瞥視。腦袋朝著書頁越垂越低，想要刻畫一個私密的世界。我們的臉頰相遇了，接著是我們的嘴唇。

我吻他的時候，嘴裡彷彿嘗得蜂蜜。

那天沒有多餘的時間可供閱讀。

為了共處，為了獨自與我們的書本為伍——噢，我不知道是怎麼辦到的——我們每每挖空心思，然而從來不曾多翻一頁。

保羅，你對我的愛是種清澈單一的幸福，即使為了拯救自己的靈魂，我也不願放棄。

他逮到了我們。你知道他是。也許他是故意設局讓我們上鉤。他很可能就是。

我們當時裸身躺臥在床，渾身炙熱，保羅在我體內。就在那刻，簡喬托率領手下暴衝入門。我看到他的臉龐，得意洋洋、惡意滿盈。我看到他舉起那隻恐怖的手，他有隻打造成長釘的鐵手。這隻手先刺穿保羅的平滑背部，繼而穿透我的肚腹跟脊骨，最後狠狠扎入床墊的棉束。那股力量如此強大，猛力將他往上抬起，牢牢釘在我們上方，有如一只風向標。

我將雙手貼在保羅血流如注的身軀上，他用只讓我一人聽到的聲音說——

「沒有不會刺穿雙手與雙腳的愛。」

他就在那刻斷了氣，而我在他的身下死去。我倆的靈魂手挽手飛越走廊，離開他哥哥的宮殿，輕而易舉，有如當初我倆的身軀步出我父親的家一般。

我不曾放開他的手。

我們現在有如當初的幸福一般輕盈，比鳥兒還要輕。雖然風任意帶著我們飄遊各處，但我們的愛情穩如磐石。

如今沒人拆散得了我們。連上帝也不能。

去怪我父母吧

入夜。窗戶敞開。幾千英里之外，你的淚水啪答答落在鍵盤上。假如你的化妝品是遇水不會糊掉的那種，我的心並不是。

「就是這樣結束的嗎？」你說。

「還沒結束。」

「要是你可以接受我原本的模樣就好了。」

「這就是我們輪子空轉、原地踏步的地方。」

「我們只是自掘墳墓、越陷越深。」

「我們知道所有合乎常識的解決辦法。」

「你把它說得和地板清潔劑㉓一樣。」

「我不知道要怎麼放棄你。」我說。

「你可以重寫這個故事。」

「我試過了。你沒注意到嗎？」

「沒有比兩者擇一更好的結局嗎？」

「我寫不出來。」

「該死、該死的絕對論者。」

「去怪我父母吧。」

「因為你那種瘋狂的眼神嗎？」

「因為他們對我說寶藏真的存在。」

「我不懂。」

㉓ Solutions 意為「解決辦法」，也有「溶劑」的意思。

「有些事情值得你尋覓一輩子。」

「你原本並沒有在找我。」

「是沒有，而且我原本也沒在尋覓愛情。」

「那麼發生什麼事了？」

那麼？那麼什麼？然後發生什麼事了？我能說些什麼？我對獨來獨往的喜愛更甚於任何事情，可是我沒辦法放棄愛情。也許我需要的是渴慕與孤身之間的張力。屬於我自己的斜坡纜車，在兩樣最可能摧毀我的事物中求取平衡。

我說：「有幾件事，也許你應該知道一下。」

「關於你嗎？」

「關於是什麼讓我成為我。」

「你不能把所有事情都怪在你爸媽身上。」

「我沒有要拿任何事情來怪他們的意思。」
「所以？」
「所以你想不想聽這個故事嘛？」
「說吧。」

清空垃圾桶

擁有一個廢料堆的男人和女人收養了我。他們自己沒生孩子，希望我能當他們的廢料鼴鼠，在消耗一切的世界的日常拋棄物中笨拙穿梭、嗅嗅尋尋。

他們是迷信的人。就是會把兔掌放在每個口袋，頸上掛十字架以防萬一的那種人。

他們曉得，瞇縫著眼、汗涔涔地曉得（這份知識絕非後天學來）：單靠自己的力量，在廢料堆裡除了廢料什麼也找不著。他們有如廢料般堅實、有如廢料般篤定。他們不會和廢料過不去。

可是……

可是他們想要一個孤兒。調包而來的孩子。沒有過去或未來的孩子。處於時間之外、可以騙過時間的孩子。一只福袋。一枚護身符。在笨重鑰匙圈上最細小的銀鑰匙，可以打開禁忌之門的鑰匙。

為了得到一名孤兒，他們必須親自走訪孤兒院。

他們穿上自己最好的衣服，將腳擠進散發敵意的鞋子。他們趕上開往孤兒院的公車，院長領他們進門。

「粉紅房或藍房？」

（面臨選擇，驚慌失措。他們連忙交頭接耳。）

院長用腳輕點鋪地油布。

（女生比較便宜，簡單些、乾淨些。）

「粉紅房，拜託。」

回到家中，回到那間廢料屋，M[24]太太往長條麵包抹奶油，要夾醃洋蔥做成鹽醃牛

---

[24] M是廢料（muck）的頭一個字母。

肉三明治，M先生忙著再把一只汽車輪胎丟進火堆焚燒。他們渾身暖烘烘，吃飽喝足。

他們很愛自己的嬰兒。

「你有多愛她？」M先生問。

「像愛掉了輪子的嬰兒車那麼愛，」M太太說，「你又有多愛她？」

「比愛兩個裝滿洗衣機水管的袋子還愛。」M先生說。

寶寶發出咯嚕聲，玩著用射發過的子彈串成、橫掛嬰兒床的小項鍊。

「這就是寶藏開始的地方嗎？」M先生說。

「去讀讀布告牌嘛。」他太太說。

可是他沒讀布告，因為他不識字。

我父母叫我艾利克斯，他們希望名字裡有個X，因為用X可以標出所在位置。

我是那個即將找到埋藏寶物的人。

他們從不懷疑寶藏的存在。我父親在彩虹的盡頭狂熱地挖掘，結果把廚房的一部分弄得坍陷。

不管滿月或新月，他們總是帶著一箱魔法貓鼬的糞便以及一把金屬探測器出門。

金屬是我的專屬領域。

我學會怎麼拆除冰箱的冷卻系統、自動調溫器與插座。我從幾百萬個電磁閥上解下幾英里的銅線。我把鋅從鉛、鉛從鐵、鐵從鋼、鋼從錫分離出來。

父親替我用鍍鋅水槽做了張床；母親用舊床墊的棉束鋪在上頭。

有天晚上，她把我塞進鴨絨被裡哄我睡覺，我的雙腳擱在充作熱水瓶的舊車散熱器上取暖，我問她我床鋪側面的紅戳章是什麼意思。

「那是個字。」她說。

「什麼字？」

「CATTLE（家畜）。」

「什麼是CATTLE？」

「牛不只一頭的意思。」

她走了出去，我用手指描過那個字——CATTLE。

廢料屋裡，閱讀和寫字都遭到禁止。這兩件事我母親都會，但我父親都不會，所以它們毫無價值。

有價值的是起動馬達、化油器、十二伏特電池、三芯電纜、按鈕、開關，以及和拳擊手一樣傷痕累累的車椅。

在廢料場的工作室裡，我父親組合出沒有標章的怪物車，由石油驅動的科學怪人用過大的輪子拴成一體。

我是他的低階勞工。在沾滿油漬的升降機井裡，蹲伏在車架下方工作的是我。我將鐵鎚和旋轉連接頭遞給他，用盡全身力氣把棘齒條扭下來，把卡緊的金屬製品鬆開。那個東西突然屈服時，我就會跟著往下猛摔，在骯髒的水泥地上擦傷雙手與膝蓋。然後，我跌跌撞撞去抓扳鉗，登上階梯、從頭開始。

入夜。星辰現身，泛著金屬色調、含蓄內斂。母親正要哄我入睡。

「寫個字給我。」我說。

「這裡不能閱讀，也不能寫字。」

「寫個字給我，用來搭配『家畜』。沒有人會注意到。」

當然了，除了我父親之外，那裡沒有其他人可以注意到什麼。

母親小心翼翼，視線頻頻溜往房門好多次，以紅色字母在我的鍍鋅槽床上寫下……

TUBERCULOSIS（肺結核）。

「那是和家畜有關的字嗎？」

「對。」

「如果可以，你會給我什麼字？」

「我不可以。在這裡，文字派不上用場。」

「可是如果你可以呢？」

她從口袋拿出一小片硬紙板，在上頭草草寫了字，緊張又害怕地塞進我的手心。

「千萬別拿給別人看。」

GENTLENESS（溫柔）。

父親有一批附有鉛製封條的大玻璃罐。他在這些罐裡存放過氧化氫、水銀、氫氰酸、硝酸溶劑、氨。危險液體不是我的專屬領域，他嚴禁我到地窖去。

某天，父親出外蒐集廢料，我拿了手電筒，悄悄爬下十三級階梯進入地窖。我告訴自己我只是想拿顆蘋果。我們通常會把蘋果包在報紙裡過冬。蘋果就在那裡，一個個擺在橫條架子上，散放混合了水果與秋季的地窖氣味。

我拿了我的蘋果，留心摺好紙片，因為在廢料場裡什麼東西都不能浪費。我們就是廢物。

接著我把手電筒轉向那些罐子，深藍與淺綠的罐子。有些霧濛濛的，其中有個紅通通。我完全不曉得每個罐子裡各自裝著什麼，雖然我偷偷學習閱讀，不過父親按照化學家的做法書寫標籤：FE、H2O、H2N、NH2、AS2、O3。

我湊得更近、踮著腳尖，對自己喃喃念著那些符號。

在一整排色彩似夢的罐子末端，有個不透明罐子，上頭畫了一顆被匕首刺穿的心。

我伸手去摸它，就在那瞬間，有人從後方抓住我的手。

是父親。他把臉往我的面孔逼來，我可以聞到他身上的硫磺味。

「千萬不可以碰那個罐子。絕對不行。如果讓那個東西溜出來，我們就完蛋了。」

「是什麼？」

「愛，」父親說，「裝在那個罐子裡的是愛。」

於是，我發現愛是種危險液體。

某天我問母親。

「這裡之外有世界嗎？」

她搖搖頭，展開雙臂到極限。

「除了垃圾和廢物以外沒有其他東西。地球本身除了一組噴爆出來的岩石跟燃燒的氣體外什麼都不是。我們住在宇宙的垃圾桶裡。」

「蓋子是關著還是打開的？」

「關著的。沒人可以超越這個垃圾桶。」

「嗯，那麼，埋藏的寶藏在哪裡？」

她的雙眼好似鈉氣街燈一樣亮了起來。「你必須自己找。」

夜裡，父親用一罐汽油點燃烈火，母親講起她年少時代的故事。她的青春好似一座遙遠城市，她曾經居住一段時日而且過得相當快樂。她對一個自己永遠無法歸返的地方滿懷放逐者的渴望。

有如其他的放逐者，她的渴望自行生出了一套敘述。她的欲望將自我述說成回憶。

她的過去是個要是沒她帶領我們就無法造訪的地方。那是能由她控制的唯一王國。

「我以前住在河上，」她說，「那條河滿滿是魚。那些魚啊，胖到只要任何人想過河就可以把牠們當成石頭，踩著魚背走到對岸。

「從前啊，才沒人會去釣魚呢。沒人聽過釣魚這檔子事。如果家庭主婦想拿幾條棕鱒當晚餐，只要把長柄煎鍋拿到河邊大喊：『你、你還有你。』魚兒就會自己乖乖跳進鍋來，和跳蚤一樣溫溫馴馴。」

「跳蚤是溫馴的嗎？」我說。

「從前是啊。」她說，然後繼續說下去……

「從前啊，大家的口袋裡都會擺著一只小手搖鈴。如果你想對某個人說話，就站在他們家門外，搖響自己的鈴鐺。屋裡的人會說：『我聽到有鈴鐺在響耶，是我的鈴鐺嗎？』然後你會回答：『不，不是你的，是我的。』接著他們就會說：『唔，如果不是我的鈴鐺，那我就不用回應了。』那你就知道對方不想和你講話，可是如果他們說：『嗯，嗯，既然是你的鈴鐺，我就替你回應一下吧。』你就會知道對方歡迎你。」

「你的鈴鐺呢？」我說。

「我死的時候你就能拿到。」她說，然後繼續說下去……

「從前啊，不管誰到樹林裡打獵，都能找到埋藏的寶藏。只不過不是真的埋起來，而是直接放在地面上，而且有好多好多。

「我記得有一次和認識的男孩手牽手出門散步。當時是夏天，我們眼前突然出現一整片的黃金田野。放眼所及都是金色。我們知道自己會永遠富有下去。我們往口袋與頭髮裝滿了黃金。我們在黃金裡打滾。我們邊笑邊跑、越過田野，雙腿雙腳沾滿了黃色粉塵，我們就像金色雕像或金色神祇。陪著我的男孩吻吻我的腳。等他綻放笑容，就有了顆金牙。

「那只是毛莨花田，可是我們當時還年輕不懂事。」

「我會有年輕的機會嗎？」我問母親。

就寢時間到了，父親正在替時鐘上發條。

「你現在就很年輕啊，」父親說，「即使你每天清兩次牙也不會變得更年輕。」

「你會變老，」母親說，「就是那樣。」
「然後會發生什麼事？」
「你就會找不到寶藏。」
「我會老到沒辦法找嗎？」
「不是，可是你會找錯地方。」
「為什麼不是每個人都能找到寶藏？」
「有人說沒那種東西。」
「那是因為他們從來沒找到。」
「還有些人不知道要往哪裡找。」
我父母都戴著眼鏡。我把母親的眼鏡從她的鼻子上摘下，試著透過鏡片瞧上一瞧。世界變得模糊又怪異。
「透過眼鏡我什麼都看不到。你看得到嗎？」
母親撇開臉，父親盯著時鐘。煤簍底下有隻小甲蟲。壁爐架上放著三頭烏木大象，全都頂著乳白長牙。有個用來放小蠟燭的黃銅三角錐。掛在鍊子上的磨邊鏡子來自比我們更優渥的房子，鏡緣的渦捲圖案是天使和飾帶。火爐旁邊有個錫桶，裡面盛裝的舊錢和外國銅板就快滿出來，是從解體的椅墊纖網裡掉出來，或是清空房屋時從抽屜後方倒出來的戰利品。它們全都不值一文，但我們還是繼續蒐集。我父母只要在沉思，其中一人就會撈起一把銅板往火裡丟，一邊大喊：「錢多到可以拿來燒！」

我眼睜睜看著錢幣燃燒。我看著帝王的腦袋流出合金，廉價的戰前法郎像錫箔紙一樣歪折扭曲。最棒的銅板就是真銅的一分錢，會從橙色燒到藍色，阿拉丁神燈的那種藍，或是飛龍翅翼下側的色彩，或是你從小妖精那裡沾到的那種青綠。

我愛那個火堆。煤炭是我的書本。加熱到故事的溫度，再爆出火焰，而我在它們裡面讀到沒人願意朗讀給我聽的故事。

「你能看到什麼？」

幾英里外傳來咆哮聲，是我母親的聲音。我在火堆邊從出神狀態中醒來。

「另一個世界。」

「沒有另一個世界。」

我指著蜿蜒穿過火焰的道路。她很氣我。

「火堆很快就會熄滅。灰燼裡除了灰以外什麼都沒有。」

她上床就寢。父親也是。他們照平日那樣留我自己一人，在即將滅去的火堆邊遁入夢鄉或半睡半醒。他們對我漸漸失去新鮮感，不再送我到鍍鋅床鋪哄我入睡，於是我隨自己高興，有時上床，有時不。

火堆泛灰、道路消失。我必須保持年輕，我必須找對地方，我必須讓火堆繼續燃燒。我必須相信寶物是存在的。我也必須找出寶物。

特別

一九九九年，登山客在珠穆朗瑪峰上找到一具屍體。

那本身沒什麼不尋常的。對很多人來說，珠穆朗瑪峰險象環生。不尋常的地方在於，那副軀體一九二四年就失蹤了，一直倒躺原地、受到保存、無人注意，在那裡空洞而盲目地看守了前後足足七十五年。

那具屍體是喬治．馬洛里。

一九二四年六月六日早晨，馬洛里和登山伙伴安德魯．歐文吃了沙丁魚當早餐之後，拿了氧氣筒，最後一次出發攀登珠穆朗瑪峰。

那是馬洛里的第三次長征。人們最後總是無功而返。不管他們爬得再高，珠穆朗瑪峰向來更高。

到現在，他們團隊裡的其他人要不是身體不適、生凍瘡、患雪盲，不然就是高山症發作。在凍冷的空氣溫度與華氏一百二十度陽光的對比之下，歐文的臉龐開始脫皮。營隊準備解散。但馬洛里主張再做最後一次嘗試。同事們一致認為他的狀況不佳、精神不穩。

歷經兩天兩夜的登山行程之後，馬洛里、歐文和一隊雪巴人從北線往上爬到了六號營地。沿著上坡路線設置一系列的營地，是馬洛里的「腦波」（他是這麼稱呼的）所促成的。六號營地只是坐落在山脊上的雙人帳棚。登山客抵達了。雪巴人啟程返回北線。明天就是一切，明天就是空無。男人們蜷起身子、吸著氧氣入睡。

白日來到。馬洛里往上攀爬。他從沒爬得如此平順。他的手指和雙腳跨越山脊與腐爛的石灰岩，最後甚至連自己都成了山脈演化的一部分。那座山本身不斷挪動、移位、改變。馬洛里也隨著它移動，運用它無法偵測的流動當成自己身體的韻律。他歌詠這座山，而這座尖銳高聳、超越人類能耐的山也聽見了，並高歌回應。

歐文尾隨在後。年輕、經驗不足、態度忠誠，願意追隨馬洛里到天涯海角。他的手指與腳趾滿懷信任地探往馬洛里標示出來的開口。每個標記[25]都帶著他們沿山脈的八度音域往上高升。他們攀過了難如登天的低地[26]以及垂直陡峭的突起[27]。馬洛里的身體妥貼地順應著這座山的高低起伏。

有人最後目擊這兩個男人是在一九二四年，六月八日的午後十二點五十分。團隊的一員歐岱爾跟在他們後面攀爬，往上直到六號營地。當他掃視山頂尋找形跡時，突然瞥見第一抹幽暗的身影，接著是第二個，正朝向最後的山峰迅速邁進。然後雲朵掩蔽他們、消失不見。

開始落雪了。馬洛里幾乎沒注意到。他輕盈、潔淨，腦袋裡迴盪著水晶般的樂音，是曾經在絨布寺裡聽圖博喇嘛彈奏過的。沒什麼好害怕。當前只有登高前進的動作，還有他打著拍子的心臟。

他為什麼能聽到自己的心呢？這個思緒來了又去。

他口乾舌燥。他們弄丟了爐子，沒辦法融雪來喝。氧氣已經耗光，他渾身發冷，但手指與腳趾依然精準無誤地嵌入岩石群。歐文此時辛苦掙扎，不過沒什麼好擔心。馬洛里會用繩子把他往上拉。因為他們已經到了，他會把他往上拉的。

珠穆朗瑪峰的峰頂（世界的頂端）大約是撞球桌的大小。馬洛里玩了這場遊戲，而且勝出。只是這感覺不像遊戲，而像音樂。那座山是個龐大的、生氣蓬勃的震動。他又在腦海裡聽到撼動人心的聲響，並且在它們之下聽見了自己的脈搏。

他用細薄的繩子將歐文拉向自己。結果撞到手錶，錶面破裂。他開始縱聲大笑，止也止不了，因為真的很蠢。時間老早停下，他的錶卻始終滴答滴答走著，但這裡沒有時

㉕ Note 也有音符的意思。
㉖ Flats 也有降半音的意思。呼應之前的音樂比喻。
㉗ Sharps 也有升半音的意思。呼應之前的音樂比喻。

間。這裡沒有。他們在時間之外，這點他心知肚明。

這兩個男人默然無語，這座山也靜默無息。她並不習慣有訪客。在這裡並不習慣。

歐文失控地渾身搖顫，馬洛里卻靜定不動。就和與他逐漸化為一體的山脈一樣，狀似屹立不搖。

他們開始下山。

歐文的屍體不曾被尋獲，然而有些人聲稱曾經目擊。

馬洛里俯臥在地，背部和肩膀赤裸白晰，搖身化為了山脈的一部分。別人是從衣服上的標籤認出他身分的——

G・馬洛里，高達明鎮高街，W.F. Paine 針織店。

他穿著舊粗呢夾克去攀登珠穆朗瑪峰。

在他的夾克內袋裡，貼著他的心冰凍起來的，是他從妻子那裡收到的最末一封家書。展開。閱讀。她愛他。她希望他回家。他的孩子們想念他。花園景致可人。

她的眼眸黝黑。他的雙瞳蒼白。

馬洛里失足了。我們不知道是怎麼發生。別人發現他的時候，他的身軀斷裂、雙眼閉合，處於滑落制動[28]的姿勢。破裂的手錶放在口袋裡。再也沒有時間。

[28] Self-arrest 是雪地攀登者的自救方法之一。

自己的英雄㉙

此生，你必須當自己的英雄。

我這麼說的意思是，不管你重視的是什麼，都必須憑藉自己的力量、依照自己的方式去爭取、贏得。

不管你喜不喜歡，你在森林裡都是孤伶伶一人，就像童話故事起頭通常都是個傻愣愣、但懷有莫名勇氣，或者可能聰明伶俐但虛弱得像稻草似的英雄。他就這樣啟程（別擔心性別問題），沒人鼓舞打氣，一路穿越城堡與熊群、老巫婆與下了魔咒的溪流，最終（我們希望）他會找到寶藏。

我出生那天，成了摺起地圖可見的角落。

我並非富家出身。我是生來看顧機器的。父母和祖父母都是織工。他們在木板棚屋裡工作。那些棚屋用高聳的煙囪截斷了河谷的線條。他們日日勞動十二個鐘頭，才四十多歲就已失聰。他們生下同類的後代，有如綿羊與豬，只不過人類並不是綿羊與豬。他們生下我，意料之外、無人想要；他們生下我，不管是因為走投無路，或是憑著第六感推定我以後會是燙手山芋，於是把我送走。不論之前或之後，他們都不曾把其他孩子送走，只有我，而且動作飛快。

他們把我交到我的命運手中，卻連在郵局窗戶放張寫著「想找一個好家」的卡片都沒有。好家、壞家、無家，對他們來說都沒有兩樣，他們也沒在我身邊留個上路用的包袱。

生命是我必須自己獨行的旅程。

㉙ hero 另有「主角」之意。

我自己。如果他們什麼都沒給我，我自己就是他們無法奪走的唯一東西。

我有時會想起當時的自己，無法走路、無力爬行、躺在小床裡傾聽電車在金屬鐵道上發出的聲音。夜裡，窗外對面有個房間，房裡有白瓷做成的大型球體吊燈。看起來恍如月亮，好似另一個世界。

我以前都會痴痴望著它，直到它的影像變成睡意，直到最後一輛電車咻咻駛過。電車連結車廂的橡皮褶襇裡經過壓縮的空氣，讓人得以聽見路上何時出現彎道。

那個球體與電車是我的同伴，它們的確定性、它們的絕對可靠，讓牛奶發酸的氣味、小床的高高橫桿，以及踩在打蠟油布上的腳步聲（腳步總是漸行漸遠），變得可堪忍受。

根據他們的說法，我的生母是個從曼徹斯特工廠來的紅髮小姑娘，十七歲生下我，同貓咪生產一般輕鬆。

她的聲音柔軟，有如流水淌過河床的白堊窪地。你也許會說我根本沒聽過，可是，在我是她的俘虜，或者說她是我俘虜的那九個月裡，我天天都聽到。我知道她的聲音，而且至少見過她的臉一次吧，不是嗎？她的聲音與臉龐以我內在的某處為家，而我也以她的內在為家。等待時間開始之前是一段短暫的永恆。接著時間便將我拋出，鬆開對我的束縛，設好時鐘。跑啊！快跑！能把你與當時隔得越遠越好。

為了避人耳目，我一路奔逃。為了自行發掘事物，我馬不停蹄。

實體世界

入夜。我正坐在螢幕前方，好奇這個故事會怎麼發展。一只信封飛到我臉前。我打開它。不然你還能怎樣？

「艾利，我要來倫敦。」

（我最好回覆一下，不然又能如何。）

「公事還是娛樂？」

「我想見見你。」

「我以為我們不再見面了。」
「我們是不再見了。」
「那你準備閉著眼睛嗎？」
「我向來都是在黑暗中認識你的。」
「別說了。」
「你住哪裡？」
「你有我的網站。」
「實體世界，不是虛擬世界。」
「斯比都菲爾。」
「哪裡？」
「我住斯比都菲爾。」
「聽起來很噁。」
「就在城裡。羅馬人的倫敦，法斯塔夫[30]的倫敦，狄更斯的倫敦。」

---

[30] Falstaff為曾在莎士比亞三齣戲劇裡出現的人物。

「樓名和號碼？」

「VERDE'S。問路的時候就說要找老市集。」

「Verde？和義大利文一樣？綠色的意思？」

「你會看到的。是棟老房子……」

斯比都菲爾[31]

城市的這一帶是皇帝的迷宮，由伸入黝暗巷弄的街道與消隱在牆前的巷弄交織而成。河流的噪音就在附近，水流本身卻聞聲不見影。水流彷彿無所不在，又似乎並不存在，或許在街道底下，或許在房舍裡面。房子的窗上水波蕩漾，老舊的玻璃反映著光。

城市的這一帶向來是難民活動的區域。他們會放逐至此，或來此尋求庇護。打從胡格諾教徒扛著捆捆布匹到來、孟加拉人帶著血汗工廠過來、安靜的人們從香港帶錢過來，這種狀況早已司空見慣。

除此之外，貿易商一直在這裡生活。英國人、西班牙人、荷蘭人，販售用氣體催熟的柳橙，以及手榴彈大小的檸檬。

過去在鴉片船入港的下游那兒曾經有張中國人的蠟黃臉龐。現在日圓與歐元進行貿易，伴著最古老的職業（向來在此蓬勃發展，現今亦如是），教堂前方熱狗攤旁邊的短裙。

像這樣的舊城區，時間會壓縮這幅景象。

我在這裡，小心翼翼走在纖細有如一年份的二十一世紀鋼索上，高聳的老屋有兩百年歷史，就在可以回溯四百年歷史的街道上，就在曾經服務過中世紀僧侶的馬車車道旁。或是服務過莎士比亞。或是強森博士[32]和他朋友蘇格蘭人鮑斯威爾。他們都曾經在此留下足跡。若在此時把他們任何一人擺在這裡，他們還是認得出來。

若在此時把我放在這裡，還有那條往未來延伸的單年繩索，是我唯一需要平衡自我的地方，免得從任何一側摔下。

[31] Spitalfields 位於倫敦東區，是好幾個市集的所在地。
[32] Dr. Johnson（1709-1784）英國重要作家與知名辭典編纂者。

這裡有個印度雜貨商正把一束束的芫荽拿來當樹籬，將自家店面與人行道隔開，後頭有好幾托盤的辣椒與堆得高高的保久乳紙盒。

每個星期，載著冷凍魚獲的廂型車抵達，兩位孟加拉人會拖出大小有如莫比・迪克[33]那樣的東西。另外兩個人踉蹌走出，拿著鋼製工作桌和圓鋸到人行道上，莫比・迪克被切成厚片，紛紛落在鋼臺上，鋸子發出陣陣尖鳴，不知名的灰色魚類以烹調咖哩的大小分量整整齊齊被成袋分裝。

隔壁，清真屠夫溫柔地把羊血往塑膠浴盆裡放乾。

「我最早來到這裡的時候還是小男生，」有位老計程車司機告訴我，「醒來的第一個早上，我往窗外一看，襯裙巷恰好有街頭市集，有個傢伙竟然在賣小獅子——牠像貓一樣坐著，正在清理腳掌，就和你或我的貓一樣。

「有個壯男把綁在自己身上的鍊子解開，接著有位黑衫軍站起來，你知道吧，就是摩斯理[34]的法西斯分子，他做了一場演講。接著有人開始幹架。一聲哨音，警察沿著紅磚巷猛衝過來。因為排水溝裡都是肉攤丟下來的內臟，所以有一半的條子都滑倒了，另一半條子就跌在他們身上，結果連半個人都沒抓到。」

在這一帶，若想聽人講故事，隨便找個人你都能如願。

昨天有考古學家在這裡進行挖掘工作。他們發現一座掩著花飾鉛棺的石棺。它已在原地一千八百年。

一般的猜測是，棺材裡是統治倫敦的羅馬總督，他的屍體抹了灰泥與白堊的混合物，做為消毒殺菌用。

他們是在替新銀行（就是會得到總督首肯的那種太陽神曼儂聖殿）開鑿地基的時候

㉝ Moby Dick 是美國作家梅爾維爾的小說《白鯨記》裡的那隻大白鯨。

㉞ Mosley（1896-1980）為英國政客，曾在英國創立法西斯社。《英國歷史雜誌》（*BBC History Magazine*）曾將之評選為二十世紀英國最惡人物。

順道把他挖掘出來的。也許那就是他們選擇這個地點的原因。也許是他把他們吸引過來，雖說他們絕對不會承認。也許，透過所有關於地價、客戶接觸、運輸連結與投資機會的談話；也許會計主任的無神雙眼背後；也許董事長的夢境裡；也許漂浮在一百場規畫會議的上千杯咖啡表面之下；也許寄給股東們的閃亮事實與數據的字裡行間；也許握筆簽署購地支票的手的血液顫動裡，潛藏著某個死去男人的意志，等人向他致上最終敬意。

這種說法會太牽強嗎？

過去具有磁性，會把我們吸引靠近。我們就是忍不住，就和我們內心無法克制的其他事情一樣，我們會編造精密的解釋，通情達理又理性的解釋，以便驅走不屬於我們的強大事物。

他在那裡，乘著划槳駁船沿著泰晤士河緩緩前來。那就是他，削短的頭髮和潔淨的指甲。

寬闊河流的兩側是溼地與黯淡的沙土，往深處去是和經濟作物長得一樣密集的森林。

但是這些森林尚未開化，在暗地裡悄悄監視他的那些眼睛，遠離文明的程度有如他與家鄉之間的距離。

他的手下在船首點燃一只火盆。他們用它來取暖、靠它當光源。他們拿來當燃料的橄欖果核逐漸燒成了粉塵。有個男人耙梳粉塵的時候，在火堆帶有鹹味的刺鼻綠意裡嗅到了自己的思鄉情緒。

於是船隻往前滑行。就躲在森林裡觀望的那些眼睛而言，往河流上游而來的是那把火本身。火平穩地穿越黑暗與霧氣。火與水同存的不可思議。那把火將會往樹林裡擴散蔓延，進入聚居之地，進入不列顛人自己的茅舍，直到所有反抗都被燒毀殆盡。

真是如此嗎？

森林能夠夷平、道路可以拉直，但野蠻的東西藏得更深，在偵測不到之處守候著。

「打開啊……」

「大家都準備好了嗎？」

「老天，打開啦！」

戴著綠面罩的男人團團圍繞石棺，彷彿這裡就是手術室。外頭，電視團隊與記者都在等候羅馬時代的倫敦、意義最為重大的發現。

「等我們看到他的屍體，它就會把一切都告訴我們。」

「他是什麼樣的男人啊，他的權勢又……」

「OK。大家都準備好了嗎？要動手嘍。」

墳墓那一側的人員以如履薄冰的態度打開棺木。一道細細的棕水滲了出來。

「噢，天啊。水是怎麼進去的？」

「這個東西應該是密封的，可以防水才對啊。」

「是防砲彈的啦。都撐過一千八百年了。」

「可以防砲彈，但是不防水喔？」

「閉上嘴，快打開。」

金縷衣、樹葉、泥巴、一副骷髏。嚴重的水害……而且……

「看看那個骨盆。」

「什麼？」

「是個女人。」

幫助

你來倫敦了。

我們同床共枕，望著透窗流洩進來的陽光。我哀傷地快樂著，因為我知道這段關係永遠不會成功。

成功。不成功。我是什麼意思？

如果有人對馬洛里說他會去爬珠穆朗瑪峰，但會在嘗試過程中命喪黃泉，他當初還是會去爬。

結局有什麼重要的？

此地此時就夠了，不是嗎？

你曾經問我怕不怕死亡。

我說我不怕活著。

我不想像稀有資源那樣節約儉用自己的人生。唯一自私的人生是膽怯的人生。壓抑保留、退卻畏縮、將最棒的積存不放，這些做法把自我看得過重，也低估了自我的本質。眼前是我的人生。我必須開採、墾殖、交易、租借。租約一到期是無法更新的。這是我的機會。把握住吧。

你翻過身去，好讓我撫搓你的背。

女人之間的性愛是鏡像地理。其祕密的幽微精妙，完全相同又大相逕庭。你是個鏡子世界。你是在鏡子另一側對我敞開的隱密之地。我撫觸你平滑的表面，然後手指陷進了另一側。你就是那面鏡子反映與編造的東西。我看到自己，我看到你，兩個、一個、無人。我不知道。也許我不需要知道。吻我。

你吻了我，鏡子霧濛起來。我停止思考。對於以碳為基礎的女生來說，實體世界還是有些好處的。

親愛的愛人，你的髮絲像某人踢翻的篝火，豔紅如火、鋪展開來、星火飛散。我不想征服你，我只想攀登你。我想攀過那堆火，直到自己化身其中。

愛情已經變得複雜：受到承諾的綑綁、因為計畫而碰撞瘀傷、因為無人想要的結局而飽受折磨。而愛情只不過是、向來都是：你看著我、渴望我，而我並未轉身離開。

如果我想說不，我會的，但必須是為了適當的理由。如果我想說好，我也會，不過必須是為了妥當的理由。別顧後果，別管終局，別管那些堂皇的宣言。感受的單純不應該受到苛責。我算不出這要花費多少，也算不出我們各自積欠多少。門口從來不標進場費用，可是你是開放的，而我想要入場。

讓我進去。

你由著我。

同時存在於你內在與我內在的這個空間裡，我不要求權利或領土。那裡沒有邊境或檢查站。慣有的路線並不存在。這是個井然有序的無政府空間，沒人可以發號施令，然而人人都想放手一試。這是個沒有統治者的國家。我可以任憑己意、自由來去。這是個烏托邦。在床第之外的地方絕不可能發生。這就是可供全世界參考的政府典範。沒人會投票給它，但人人都會回到這裡。這就是人人會來的那個地方。

我們大部分人會把這個轉換成權力。我們太過害怕，無膽做其他事情。可是它不是權力，是性愛。

性愛。它如何開始？

在我們怪異黑暗的演化史裡，順應必然的趨勢，因而產生了變動，逐漸遠離自我繁殖的有機體，就像細菌，朝向必須能與彼此融合才得以存續的有機體發展。

你要知道，細菌曉得永生的祕密。除非有東西殺害它們，否則它們不會死。它們不會改變，不會變老，只會繁殖增生。

融合讓複雜化與多元化變得可能，但我們想不通的是，手牽手隨之而來的，是死亡眾多偽裝之一。假扮成生命的死亡。

它是我們唯一的機會。我們把握住了。

所以那些陰森恐怖的中世紀人，以及那些激情如火的浪漫詩人並沒弄錯。性愛和死亡屬於彼此，在我們的想像中合而為一，就像它們在我們的DNA裡亦同。

性愛和死亡是我們的原生父母。對某些人來說，是我們唯一擁有的家人。

性愛。它如何開始？

巴黎的那個旅館房間。保羅餐廳的晚餐。散步過橋。午後的香檳。雨水。你的臉龐。

在那之前呢？在我見到你之前？

我正在尋找什麼，是真的。尋找你，尋找我，篤信寶藏真的存在。我從見到你的那一刻起（有如俗語所說的）就知道它會如何開始。

我不曉得這會如何結束。

「對你來說永遠都不夠，對吧？」你說。

真怪，因為當時原本是夠的。我將你往下朝自己拉近，感覺你的髮絲拂過我的喉嚨。

我說：「如果永遠都不夠，錯在於我，你沒錯。」

她當我瘋子似的看著我。我的情人大多如此，那是他們愛我的部分原因，也是他們離我而去的部分原因。我在此並未百分百誠實，因為有時候主動離開的人是我。

她說——

「我們兩個都想要生命，那就是我來的原因。」

「你想要的是風險。」

「那有什麼不對？」

「而且你想要安全。」

「那又有什麼錯？」

「你都不讀金融日報的嗎？」

「從不。我嫁的就是銀行家。」

「你不能在同一項投資裡同時享有安全和風險。」

「你並不安全。」

「對，可是你的婚姻是。」

「聽好了，如果我為了你離開我先生……」

「你認為我在今年之內就會棄你而去。」

「嗯，對，我就是這麼想，如果你真的想知道的話。」

「你為什麼那樣說？」

「你不是始終如一型的。」

「我不是輕言放棄型的。」

「你想要我，是因為你不能擁有我。」

「你那樣想？」

沉重的嘆息。床單一片混亂。喝喝水。瞪著天花板直看。

「在巴黎的那天晚上，我非要你不可。」

「好樣的。」

「我從沒想到會再見到你。」

「你本來想再見到我嗎？」

「不想。」

「可是你知道我會到卡布里的時候，你就跟著來了。」

「我好奇事情會怎麼發展。」

「這全是一場遊戲，對吧？」

「我好奇你是不是真的能愛我。」

「我不懂。」

「我以為，如果你能愛我，事情或許會有所不同，也許會改變。」

「那麼改變了嗎？」

「對。」

「以哪種方式？」

「我開始愛上你，出乎我的意料之外。錯在於我，不是你的錯。」

「那麼現在呢？」

她用雙手撫過我，語氣裡帶點像是詫異的東西。她在講實話，說得相當吃力。她撇過頭去對我說：「看來我好像被纏進自己的網子裡了。」

我轉過去，盡可能把她摟緊。

「我從來都不想當你的圈套或陷阱。」

接著，因為她哭了起來，於是我對她說起紅狐的故事。

有個獵人愛上公主。就那麼簡單。

每天早晨，他都把森林的寶物送來給她。他送鹿和豬給她，向她獻上狼皮與水牛皮。他赤手空拳和獅子搏鬥，抓住人人懼怕的老黑熊。他自己什麼報酬都不拿。除了她的愛之外，他什麼都不要，而她並不愛他。

有天，和侍女們騎馬外出的時候，公主看到她們前方有隻紅狐狸。從沒見過毛色這麼紅的狐狸。她看著牠奔跑，往外伸展腿部，彷彿平躺於空氣的表面上。狐狸成天陪著那隊人馬，公主心生困擾。

那晚，公主攬鏡自照，狐狸的豔紅似乎可以完美襯托她肌膚的白晰。她撫搓自己的頸子與喉嚨，想像狐狸毛皮的觸感。冬天的腳步正好近了。

翌晨，獵人來到她身邊時，她說：「如果你愛我，把那隻紅狐狸的毛皮帶來給我。」

獵人說：「要求什麼都好，就是那個不行。」

「那麼你就是不愛我。」公主說。

「我願意在星辰之間巡獵，射下獅子座和公牛座，但請別向我討紅狐狸。」

公主火冒三丈，撇開臉去。

好幾個日夜之後，輕盈得有如承諾的雪開始紛紛飄落。獵人來到公主身邊，答應要把紅狐狸帶來給她。他只有一個條件。

「說吧。」

「狐狸一定要活捉來給你。」

「這條件我接受。」

獵人離開宮殿，足足有三週不見人影。天氣越來越冷，雪和憂傷一樣沉重。公主往外眺望的時候，只見白茫茫一片。

是嗎？

第三週的最後一個早晨，公主照常從她的塔樓往外望去，看到有一道火在雪中焚燒。一條紅線迅速穿越雪地，將兩側的積雪都融了，彷彿春天已經來到。紅狐狸毫不猶豫或停歇，忽左忽右，完全不留足跡，一路奔越積雪荒地，最後來到宮殿。

公主自己也拔腿奔跑起來，從她的高塔往下，繞過蜿蜒的階梯，往外踏入森白的中庭，狐狸在紅色熱氣當中氣喘吁吁，躺在了她的腳邊。

公主往下彎身探出手的時候，狐狸舔了舔她的手，向她流露哀求的目光。她摸摸牠，她的白手埋入濃密溫暖、柔軟似血的毛皮。

然後她站起身，向手下示意。她的面孔清澈冰冷。她要僕人拔出刀子，抓住狐狸頸背，接著有一瞬間，就那麼一剎那，她猶豫起來，最後一次望著那雙勇敢的哀求眼睛，以及毫不抗拒的強壯頭顱。

僕人割斷狐狸的喉頭，鮮血有如溫暖的噴泉，奔湧越過中庭的冰凍鵝卵石。僕人踉踉蹌蹌，因為手裡承擔的重量而摔倒在地。狐狸已經消失，死去的獵人倒躺在院落裡。

你躺在我的臂彎裡。

「我不想要求你做出超過你能耐的付出。」你說。

「我才是開口要求的那個人。」

「我們都在要求。」

「那答案是什麼？」

「不是這個。」

「我們一起在這裡，感覺就像是答案。」

「外面有個世界。」

「你確定？」

「別又開始老調重彈。」

「不管有世界或沒世界，我都要你陪在我身邊。」

「這種關係太激烈了。我們不到六個月就會把對方損耗殆盡。」

「火不會自己燃燒。」

「但它會燒盡。」

「聽好了，我不希望你為了我離開你的婚姻。」

「難道你已經膩了？」

「我希望你為了你自己而走出婚姻。」

她起身。她痛恨這場對話，我也是。我們為何要把它當成自己犯下的罪孽那樣，再三反芻回顧呢？

我跟了過去，輕柔地碰碰她的肩膀，滿心遺憾。

「我來弄點中餐，一起吃吧。」

我走進廚房。我熱愛食物。愛它的明白清晰、愛它直來直往的歡愉。我愛單純的、絕對鮮美以及新鮮烹調的食物。在我低潮的時候（有如此刻），當一切都毫無道理，我會煮點東西，好從混亂當中逼出秩序。做為一種重新安頓自我的方式，至少在此次的單一事件裡。它能穩住我的雙手。

蕃茄醬

拿一打的李子蕃茄，當成你的敵人一般，順著長邊切成一片片。把它們穩穩放入加蓋的鍋子，加熱十分鐘。

剁碎一顆洋蔥，不流淚。
將紅蘿蔔切丁，無怨無悔。
把芹菜棒切碎，彷彿它表面的凹槽與坑窪是你過往的壓痕。
把它們加進那些蕃茄，不加鍋蓋，烹煮到軟塌為止。

拋進鹽巴、胡椒和一點砂糖。

把整鍋東西用篩子、磨碎機或食物攪拌機搗碎。謹記：它們只是蔬菜，而掌廚的是你。轉回弱火，用橄欖油潤滑。一次加一匙，像老巫婆一樣攪拌，最後達到滑溜紮實的平衡點。

供餐時淋在新鮮義式麵條上頭。撒上新磨的帕瑪森起司粗粉、切好的羅勒。現在可以加上赤裸的情緒。

供餐。享用。省思。

我把熱氣蒸騰的餐盤放在她面前。她吃了一口，再吃一口。

「棒極了。」

「義式料理比較好吃。」

她滿口義大利麵，濃濁不清地說：「我先生在牛津。」

「噢。」

「我今天得過去。」

「那我怎麼辦？」

「我對他提過你。嗯，沒有全部坦白就是了。」

「到底說了什麼？」

「說我們怎麼在巴黎認識的。」

「我還以為他不曉得你到巴黎去？」

「我向來會告訴他報告我的行蹤，可是不見得會提到我和誰在一起。」

「他可以忍受那種做法？」

「我們之間有默契。」

「我還真希望我可以。」

「欸，婚姻要以自己的方式存活下去。」

「在婚姻裡面的人又怎麼辦？」
「對我們來說，這種做法行得通。」
「ＯＫ啊。那婚姻之外的人怎麼辦？」
「除非想要，沒人需要捲進來。」
「紙上談兵都很容易。」
「在寫作的是你。」
「對，要是我在寫這段關係，我會說……」
「唔，你會說什麼？」

我靜默不語。我沒有高人一等的智慧，而且我想避開遮掩了無知與恐懼的自以為是。我自己曾經犯下的過錯如此之多，沒立場這麼說：「這件事應當這樣做才對。」總之，人生不是一條公式，而愛情不是一份食譜。同樣的材料每次都會煮出不同的東西。

拿兩個人來。順著長邊切片。加上鍋蓋煮沸。摻入一場婚姻、一段過去、另一個女人。按照個人口味來加糖。歷經一場偶遇。少量的潤滑。供餐時放在……的床[35]上，或者該說放在……的床裡？淋上赤裸的情緒，趁鮮享用。

「我敢說，愛情會把人沿著長邊削切成片。」

她默然無語。我們兩人都無所遁形。事實是，你可以用各種有趣的方式來分割你的心。分一點在這裡、一點在那裡，大多存放在家，另外取出少量用來碰碰運氣。但愛情會劈穿心靈的數理邏輯，愛情已經將心沿著長邊分成兩半。你所在之處的心、你想置身之處的心。當愛情將心分成兩半，你要如何讓心痊癒？

她說：「我不知道。我不知道這會怎麼結束。」

㉟ Bed 除了有「床」的意思，也是指在盤子上鋪一層墊底的食材。

我們漫步越過城市，有種星期天的感覺，恍如太空船驟然出現，將人人帶往火星。沒有股票經紀人、沒有銀行家、沒有商店開門營業。公車站沒人，也沒人攔住計程車。偶爾有輛車經過我們身邊，車速緩慢、流露好奇，有兩位女警正在操練她們的馬匹。只要聽到城裡的馬路上響起馬蹄聲，我就會有種「我在哪裡」的怪異感。建築物會將那種聲音放大，快步小跑的兩匹馬聽起來就像一整隊騎兵。如果我不左右張望，就會有種往昔從我背後逼來的感覺，耳邊會響起牛奶載貨馬車的喀啦喀啦響、笨重的啤酒木桶從卡車卸貨下來，還有寫著陽光肥皂廣告的馬車車廂。

現在，我後方會有個頭戴扁帽、從托盤上販售包金手錶的男人，還有從堆滿報紙的推車那裡喊著最新頭條的男孩。

我前方是英國銀行、倫敦牆路，還有一輛大型紅色巴士。我半轉過身，即使有那些背後傳來的聲響，我聽得見但看不到，但我迎面就是建築物。愛德華風格、維多利亞風格、喬治風格。老倫敦就在商店店面的上方。鋼筋、平板玻璃、鮮豔店招雖然屬於我，但抬頭一看，才隔著一層樓的距離，過去一如既往紮實穩固。

我忖度，時間是否可能垂直堆積？是否可能沒有過去、現在與未來，只有同時存在的一層層現實。我們在地面高度體驗了屬於自己的現實。在不同的層級上，時間會在其他地方。我們會在時間裡的其他地方。

「如果我可以重新擁有時光，我會和你在一起。」

（我曾在哪兒聽過這種說法？）「你現在就和我在一起啊。」

「我在認識你以前已經做好選擇。」

「整個人生不只是一個單一抉擇。」

「有些抉擇比其他更重要。」

「這就是其中之一。」

「你是什麼意思？」

「我是說，只能二擇一。」

「你或他？」

「不是。同樣的人生或是不同的東西。」

「我喜歡我的人生。」

「那好。就保持原來的樣子。」

「不過，裡面包括你。」

「不，不，並沒有。」

我辦不到。我以前有過相同經歷，那不是一個有景可賞的房間。我唯一擁有的力量就是退縮的負面力量。如果我不退縮，就毫無力量。在關係裡，如果有人全然無力或是只有負面力量，就不算一段關係，而是主人與奴隸之間的束縛。

「天啊，饒了我吧！」

「那我就必須粉碎我自己[36]。」

然後我在想，我為什麼會這個樣子？為什麼？

我父母在孩提時代不曾被愛、他們不愛對方、他們並不愛我，我想，這樣說還算公平。有占有、恐懼、感傷、欲望，但沒有愛。這使得我有某些缺憾和某些激烈特質。

缺乏的是家庭、牽絆、歸屬的真正感受。激化過的，是種對愛真正模樣的渴望，如同自由、豐足、寬厚、激情。就是但丁所謂的「能推動太陽與其他星辰的那種愛。」

這種愛是存在的。也許那是唯一存在的事物。它就是埋藏的寶藏。寶藏真的存在。碎片、暗示、線索、字母，說服我繼續走下去。有時它近在咫尺，但就像聖杯禮拜堂外面的蘭斯洛特，我從來不得其門而入。也許我永遠都無法進去。

在你的臉龐裡、在你的身體裡，就在你行走、躺臥、飲食與閱讀的時候，你已經成了愛情的特徵輪廓。我觸摸你的時候，觸及了比你更加深刻的東西。這也觸及了我內在原本沉至深處、無法被重新尋回的什麼。

㊱ 依著前句的「饒了我吧」（give me a break）來玩文字遊戲。Break 當動詞時，原意是打破、毀去，敘述者的回應就採這個意思。

我飽受磨難。我刻意把自己放在磨難的面前，做為試煉、做為手段，看看能夠汲取出什麼來，阻止自己閉合起來。我不想讓傷口癒合。

愛情讓人受傷。沒有愛情是不會刺穿雙手雙腳的。愛情的劇烈幸福，也是愛情的劇烈苦痛。我並不特意尋求苦痛，但苦痛就是存在。我不特意尋覓磨難，但磨難就是存在。最好不要畏縮，不要試著避開愛情路上的種種。這份愛並不簡單，但只有不可能的事情才值得努力。

在聖杯的傳奇故事裡，世上最棒的騎士蘭斯洛特終究沒機會見到聖杯，因為他遲遲無法放棄對關妮薇的愛戀。做為道德試煉，這就暗示了人類激情無法代替神聖之愛，而且它會阻止我們徹底體驗愛。聖保羅以降，這一直是基督教思想的基礎。

有另一種解讀方法。蘭斯洛特之所以會失敗，不是因為他無法放棄關妮薇，而是因為他無法區分愛情的象徵和它所代表的東西。所有的人類愛情都是推動宇宙的那種狂野、放肆、無法滿足、無法耗盡的愛的戲劇化演出。如果死亡無所不在、無從逃避，那麼愛情也是，要是我們明白這個道理就好了。我們可以透過彼此開始明白這個道理。我的愛情越是溫馴，它就離愛情越遙遠。在激烈、在熱氣、在渴望、在風險裡，我發現了某種愛情的本質。在我對你的欲望裡，我以妥當的溫度燃燒著，以便漫步穿越愛情之火。

所以當你問我，為何無法更平心靜氣地愛你？我的答案是：平靜地愛你，等於完全不愛你。

展示對話框

某年在廢料之屋那裡，我們打開了院子的門，三人結伴走了出去，進入荒野中。

荒野是個廣闊之地。它無所不在、無所不是，除了廢料之屋。

這段探險旅程事先經過縝密的安排。我們穿上了最好的服飾，連帽子也戴上，可以到外頭活動的時間僅限九點到六點。我父親天天出入荒野，但他是男人，那是為了買賣所需。

那天到來。我和父母手牽手，望著大柵門猛力旋開。父親前晚替柵門上過油，把鐵絲網拆卸下來。柵門裝配了汽車電池，能夠自動開關。它們那種靜默又陰險的邀請，朝外指向……

「應許之地。」母親說。

「我還以為是荒野。」

「要到應許之地的唯一方法，就是先越過荒野。」

「那我們為什麼不更常去那邊？」

「因為有誘惑。」

我們走了出去。

我們路過伍爾沃斯連鎖超市——「罪惡的淵藪」。經過瑪莎百貨——「罪孽深重」。走過殯儀館跟烤肉串店——「他們共用烤爐」。路過餅乾攤與臉圓如月的攤主——「亂倫」。走過小狗美容沙龍——「獸欲」。經過銀行——「高利貸」。路過市民諮詢處——「共產黨員」。經過日間托兒所——「未婚媽媽。」走過美髮院——「虛榮」。經過母親典當過金牙的珠寶店，繼續往前，終於到一家叫巴列丁丘的咖啡館吃吐司烤豆。

我還在擔心應許之地。

「所以要到應許之地的唯一方法，就是先越過荒野。等你走到應許之地，會發現什麼？」

「埋藏的寶藏。」

「你找到寶藏的時候要怎麼處理？」

「我不知道。」

「你為什麼不知道？」

「因為我從來沒找到過啊。」

「你看過應許之地嗎？」

「沒有。」

「那你怎麼知道它存在？」

「地圖上有啊。」

「什麼地圖？」

她猛捶自己的心口。

她捶擊心口、別開臉去。她混合犬儒主義和容易受騙的特質。她相信自己的心所告訴她的，卻從來不依隨它去。她的心有如飛走之後啣著故事歸來的鳥兒。她雖然聽見了，卻無力跟隨。即使很臨近的地方似乎也太過遙遠。她有條腿狀況不好，應許之地是最遙遠的，但她曉得它存在。

我望出巴列丁丘咖啡館的煙燻玻璃窗外，看見人們沿街雜遝往來。我忖度自己是不是先得在荒野度過四十年光陰，最後才能尋得應許之地。而等到四十年之後，我還會記得自己的初心嗎？

那晚，我們圍著火爐坐著，母親、父親和我。我們像共謀者一般坐著，火光映在臉上，火在心裡熊熊灼燒。我們好似坐在時間邊緣的天使，散放光芒、熱切高張。我們正在我們欲望之輪的邊緣。我們畫出的圓圈是個抵擋空虛的護身符、一條圈住希望的長線。我們的雙腳探入往後可能發生之事的漆黑空間裡，搖晃擺盪。

我們正在談寶藏。

「我年輕的時候，」母親說，「有棵空心樹被閃電擊中。敢爬進樹幹、在那裡站滿三分鐘的人，就可以帶走閃電的一部分力量。你可以看出有哪些人做到，因為他們會散發光芒。事後，不管他們走到哪裡，都會找到變成一鎊的一便士，或是可以打開某扇門的鑰匙。」

「你難道從沒站進去過嗎？」父親說。

「我站進去了啊，我找到的錢是這個……」她把手伸進盛著異國錢幣的桶子裡。「我找到的鑰匙是那把。」她指向掛在壁爐架上猶如一聲譴責的生鏽舊鑰匙。

「那把鑰匙啥都插不進去。」父親說。

「它還在等合適的門。」母親說。

我細細端詳著它。我從來沒正眼瞧過它。如同所有熟悉的物件，最後都會隱形不見。而且有什麼可看的？鏽蝕的環圈、鏽蝕的握把、鏽蝕的匙身。那只是在漸漸鏽蝕的房子裡一片六寸長的鏽塊。

抉擇者

「所以，現在你知道了。」
「知道什麼？」
「我為什麼沒辦法退而求其次。」
「更少就是更多。」
「不，更少就只是更少。」
「你記得嗎？——在巴黎……」（她猶豫不決。）
「我記得關於巴黎的一切。」
「你把大理石桌上的雨水揩掉……」

「用我的袖子……」

「然後把我額頭上的雨水撥開……」

「用我的手指……」

「我本來希望你用嘴脣。」

「我也這麼希望。」

「你這個人很難追。」

「還不夠難。我原本應該說不的。」

「你很希望你當時說不嗎？」

「不希望。」

我們沉默無語。就是沒剩什麼可說的那種沉默法。

「吻我。」

是的。總是如此。即使我再也見不到你。談話過後，就是親吻。我對你的感情默劇。

我們的嘴脣訴說一回事，實際的行為又是另一回事。我們用英文爭論，用法文歡愛。我吻你，我們又回到了當初的閣樓房間。我倆的私密世界，我倆的應許之地。

那就是在這個聖經故事裡發生的事：

在荒野裡流浪四十年之後，蒙受揀選的子民來到應許之地。葡萄如此沉重，一串要兩個男人才抬得動。牲畜的大小如象。那裡的土地流著奶與蜜，就在那裡，映入他們的眼簾，就在越過山脊的地方。以色列人不敢相信自己竟然這麼幸運。這就是他們苦苦尋覓的。

然後……

「如果葡萄長那麼大，釀出來的酒喝起來一定會太烈。」

「那些牲畜！想想牠們要吃多少東西！」

「我的手握不住牲畜的乳房。」

「還有那些蜜！到處都有蜜！」

「蜜蜂一定大得不得了。」

「巨大的蜜蜂要是成群結隊飛來！唷唷那還得了……」

「會有山獅！山獅最愛蜂蜜了。」

「蝗蟲很愛蜂蜜。」

「這裡本來就有人住了。」

「那些人一定很巨大。」

「有那麼多的奶與蜜。吃得這麼豐盛。」

「我們會被殺掉。」

「說起來，荒野那個地方其實沒那麼差。」

「風很大、冷颼颼、鳥不生蛋、灰塵漫天……」

「有好多沙。」

「可是那個地方沒那麼差啊。」

「也許我們應該去找另一塊應許之地？」

「還是找蜜比較少、牛比較小的地方吧。」

「小傢伙說得對。至少荒野是我們的。」

我說：「你會從這段關係轉頭走開，對吧？」

「我不得不。」她說。

我們搭計程車到帕丁頓車站。她錯過了前往牛津的一班火車，於是我們坐在哥斯大咖啡分店，點了卡布其諾和派，試著壓過店內音樂與車站廣播的聲音聊聊天。沒多少話可說。

「我們老早就該在巴黎結束這段關係。」

「那它就什麼都不是，只剩一抹回憶。」

「快樂的回憶。」她說。

「在卡布里，它成了一種可能性。」

「我知道。」

「有扇門打開了。是死牆裡的一扇門。」

「愛情就是死牆裡的一扇門。」

「你愛我嗎？」

「是的。」

「有件事我之前就非得知道不可。」

「在卡布——」

「是的……」

「我來找你的時候——」

「是的。」

「我本來確定你想冒險看看。」

「我那時是啊。」

「那麼到底哪裡出了差錯？」

「是我出了差錯。」

「我不懂。」

「我辦不到。我沒辦法把自己整個人生的纏結解開。」

「可是你來倫敦了啊。」

「我必須再見你一面。」

「問題在哪？是錢嗎？」

「不是。」

「那麼是什麼？」

「我沒辦法做個遠離自己過去的流亡者。」

「我不想要你的過去。」

「那就是問題所在。我不想從零年開始。」

火車站。抵達據點。啟程據點。轉運區。她看起來好輕盈，只帶著她單手就能提起的行李箱。行李箱裡有一場婚姻、美國、一個我一無所知的人生。那個行李裡有我從未打開的門，通向我不會認得的房間。那只行李箱塞滿了信件、通訊錄、一張購物中心的聯名信用卡、我從未去過，現在也不會參加的晚宴。那只行李箱裡有來自朋友的邀請函、在車內收音機裡預設好的（我從未聽過的）廣播電臺。那只行李箱裝著夢魘與私密的希望。骯髒的日用織品放在特殊的尼龍隔間裡。她的童年在裡面，髮辮蓬亂的彆扭小孩，長成了髮絲濃密的美麗女人，從來不怎麼信任鏡子對她的恭維。她的丈夫也在裡頭，也許他就被綁在側邊，就是通常用來擺放救生衣的地方。

我望著那只行李箱，頓時變得沉甸甸，忽然重得無法提起，我這才領悟到，她永遠也無法拖著它同行。她說得沒錯。要不是鬆手放開，就是帶回家打開重新整理。

「我們一走了之吧。」我說。

「你剛都沒在聽嗎？」

「有啊。我是指我們兩人，一起。你從你的人生出走；我從我的人生出走。」

「你在說什麼啊？」

「我也會拋下一切。」

「你瘋了。」

「我到哪裡都能工作。我可以賣掉我的房子。」

「我們可以去哪裡？」

「義大利？愛爾蘭？你想去哪？巴黎？」

「你不能那樣。」

「我可以。我會的。如果你願意。」

有什麼理由可以阻擋我？一個人在此生裡，除了屋頂、食物、工作和愛情之外，還需要什麼？眼前是個我愛的人。我可以工作。屋頂在哪裡、食物在哪裡，都無所謂。

「如果你放棄你的過去，我也會放棄我的。」我說。

（她瞅著自己的行李箱。）

「我會帶上衣服、書和貓。就那樣。」

（她的行李箱逐漸變大。）

「我們可以從頭開始張羅家具，我們可以結交新朋友。」

（行李箱填滿了整間咖啡館。）

「我們會租可以俯瞰河流的公寓。」

（行李箱壓迫推擠著牆壁。）

「有張床鋪、一把椅子和朝陽。」

（行李箱抵住我的胸膛。）

「打開窗戶的時候，我們就會像小鳥。」

（行李箱在我的胸腔裡。）

「我們的快樂會像小鳥般飛翔。」

車站廣播響起。前往牛津的四點十五分班次正停在九號月臺。你站起身來，拿起箱子。我們走到嘶嘶作響的骯髒車廂那裡，替你在某個配戴隨身聽耳機的人和閱讀《哈囉！》雜誌的女人對面找了個座位。這就是這個國家的情緒與文化生活。難怪轟轟烈烈的舉措也達不到預期的效果。當你四周的一切都在說「不好」，你怎麼有辦法說「好」？

如果你原本說「好」，我會嚇得魂飛魄散，而且那可能會是個錯誤，不過我就會盡到自己的本分。你要如何回頭？我又要如何回頭？反正我現在可能還是會賣掉自己的房子。盡可能乾淨俐落地重新開始，這是我能把這件事理出頭緒來的唯一方式。火車、車站、噪音都了無意義。你的離去是荒唐無稽的。我無法忍受。我坐下來，執起你的手。

「跟我走。現在就跟我走。」

眼前有兩種結局。給你選吧。

還有兩分鐘。我握著你的手。讀著《哈囉！》雜誌的女人對於眼前的真情流露大剌剌表示嫌惡，於是起身改坐其他地方。隨身聽男孩蹺起雙腳，搭在她的座位上。

火車要出發了，此刻正要駛離。你不想和我四目相接。我無法與你同行；你也不準備隨我而去。鳴笛響起。我必須跳站起身，硬把正要關起的車門拉開。然後我再次回到車外，沿著月臺步行，越走越快、比手畫腳要你拉動緊急煞車鎖。火車會停下來。你可以走下火車、拋開你的行囊，隨我一同遠走高飛。我現在快跑起來。還有時間、還有時間。接著有一剎那，時間如此靜定，甚至戛然停止，而火車永遠往前奔馳。

還有兩分鐘。我握著你的手。讀著《哈囉！》雜誌的女人對我微微一笑。她替我感到遺憾。

你正望著我，還有機會。親愛的愛人，冒著失去一切的風險吧，沒有其他辦法。

嗚笛響起。我站起來，依然握住你的手，忽地你也站起來。正要關起的車門將你的過去、你的行李箱隔絕起來前，我們已經踏出了車門之外。那個女人急火火地比手畫腳，表示你把行李丟在了後頭。

火車此時正在加速，把時間也一同帶走，而我們找到了沒有時間的那一瞬間。就是在你的人生和我的人生之間搏動的那一瞬間。

接著，時鐘再度滴答行走，不過我們總算在一起了。火車拋下我們，兀自往前飛馳。

怪異

入夜，我坐在電腦前讀著這個故事。這個故事反過來讀著我。是我寫了這個故事，還是你透過我寫的，有如太陽透過一片玻璃點燃火焰？

我在幽暗模糊之中透視一片玻璃。我無法辨別移動的形影是在另一側，或在我的後方、我的旁邊、在房間裡反射出來。

我無法精確給出自己的方位。座標會挪移改變。我無法說「哪裡」，我只能說「這裡」，一面巴望能將它描述給你聽，原子與夢境。

我當初為何那樣起頭？從艾利與鬱金香？

我想在時間裡占定一席位置。為了徹底運用時間，我以垂直的方式使用它。一個人生是不夠的。我用過去當作掩蔽馬[37]，以便接近我的獵物。

我的獵物就是你和我，被時間逮住的我倆，竭盡力氣全速奔跑。

為了避人耳目，我一路奔逃。為了自行發掘事物，我馬不停蹄。

這就是我的人生，一端以鋼鉤繫在我母親的肚腹裡，然後拋出來越過空無，好似印度的繩子戲法[38]。我會持續切斷並重繫那條繩子。我把自己往上拖拉、又往下滑動。維持張力的就是張力本身，是**我是什麼**與**我可以成為什麼**之間的拉扯。是**我繼承的世界**以及**我編造的世界**之間的拉鋸戰。

---

[37] Stalking horse，獵人掩於其後，藉以潛近獵物的馬狀物，衍生為偽裝、藉口。

[38] 據說是在十九世紀流行於印度的魔術戲法，魔術師將繩子拋入空中，繩子會在無支撐的狀態下直立於空中，然後由助理男孩攀上繩子。

我一直拉扯那條繩子，一直使盡全力拉扯人生。如果那條繩子開始到處起毛岔裂，也無所謂。我闔攏得如此緊密，有如蕨類或菊石。在我展開的時候，實際的與想像的會一起鬆解，彷彿它們原本就捻絞在一起。人生的纖維被纏入時間之中。

那條繩子輕柔地來回擺盪，穿過鏡子，穿過螢幕。

我的人生是什麼？不過是條拋甩過空間的繩子。

放棄

可憐的艾利。他的遭遇如何？他最終沒把球莖送到萊頓的植物園。他在河邊買了塊地，替荷蘭仕女栽種遊賞花園。

至於鬱金香狂熱，文獻有詳盡的記載。所有的經濟學教科書或園藝史都會向你提到。還會告訴你鬱金香後來在英格蘭一炮而紅，「不少人一嘗這種高尚花卉帶來的喜悅」。

艾利的故事並未得到詳盡的記載，對於這種情欲花卉，荷蘭仕女找到的運用方法一直是高度機密。

一位荷蘭仕女，凡德卜勞姆夫人，她教導哈克尼伯爵的女兒怎麼整理球莖與莖桿最好，而那種做法不久就流傳開來。少有男人會意識到自己的妻子與女兒對這種東方異國花卉的真正熱情，因為男人常會嘗試取悅女性，且頗愛孤注一擲，因此要把某種渴望炒作成狂熱，是易如反掌之事。

艾利把身上的球莖拆下來，種在肥沃的土壤裡，並遵照經文的指示，開始繁殖增生。她的確好好繁殖了一番，球莖、卵蛋、財富與朋友。因為每個追求時尚的仕女都渴望在這花卉輕柔頷首的園子裡漫步，躺在樹下，在那裡親自體驗人類與鬱金香共享的那種細膩的變異特性。

有個圖像證據暗示，至少有個男人清楚事情的真貌。

林布蘭一六三三年將妻子莎思嘉畫成了芙蘿菈，也就是掌管豐饒與生殖力的女神。他描繪莎思嘉／芙蘿菈的時候，頗具暗示性地讓她在歡愉部位附近拿著新娘捧花。在花束中央昂起頭來的，就是一朵逐漸舒展的鬱金香。

林布蘭。在他的一生當中至少畫過五十次的自畫像，速寫了多不勝數的素描，留下二十幅蝕刻畫。之前的藝術家不曾這麼做過。以往未有藝術家這麼有意識地將自己當成作品的主體與受體。

肖像畫變動不停。他或是精心打扮、或是披戴盔甲、或是隨手添上帽子或搭上披風。面孔時而呈現老態，皺紋浮顯，繼而再次平滑。這些影像不是照片，而是劇場。

林布蘭為什麼要拿自己當道具？

唔，因為他當時在場，可是同樣重要的是，因為他不在場。他一直在調動自己的疆界。他寸步滲入其他的自我。這些自畫像是種紀錄，記的不是單一人生，而是多種人生，彼此層層堆疊的人生，有時會透過繪者浮現出來，進入油彩裡。

定點就是藝術家本身，我們對此人的認識多到足以寫下傳記。可是定點只是大本營，從那裡出發的旅程才是讓人饒富興味的。林布蘭的畫作就是往外的旅程，而途經的心靈距離可以用光來測量。

艾利入睡的時候，光線在他的臉上照出了陰暗與幽影組成的調色盤。他是否回到了土耳其，照料他母親的茄子和蕃茄呢？也許他曾經回到家鄉，緊張兮兮地假扮成男孩，講述著故事，而他的身材有多嬌小，他的故事就有多誇大。

他說的一些故事裡，背景年代讓他老到不可能還活著。而在另一些故事中，他根本還沒出生。他在歷史的縫隙之間穿梭，易如反掌，有如一枚銅板滾入地板木條之間的縫隙。隨便拿什麼事問問他，他就會把自己端出來講，灰塵漫布但意氣風發——帶點好運、隱藏的觀察者，天時與地利。

艾利為了維生而述說故事。就是有人得這麼做。故事是他的麵包與奶油[39]，而他會隨身在口袋裡帶上一片，要不是給自己吃，就是供別人享用。他把自己的所有都分享出去，回家再製作更多。

這點雖然尚未獲得證明，但有此可能：不是艾利在講故事，而是故事在講他。他把自己纏入了從未發生的一段歷史，以及不可能發生的未來。他就像盤腿端坐的土耳其人，細細織綴著一張精美的地毯，然後發現自己就在圖案裡頭。

當艾利把自己纏入時間，一面忖度聖奧古斯丁是否說得沒錯。當初教導艾利如何閱讀的天主教徒曾說：聖奧古斯丁說過，宇宙不是在時間裡面，而是隨著時間創造出來。

故事正是如此。它們沒有日期。我們可以說它們何時受到書寫或講述，可是它們並沒有日期。故事和時間一樣同步。

---

[39] Bread and butter 即為「謀生之道」，直譯為「麵包與奶油」，呼應後面的一片（麵包）。

說故事者艾利不再確定事情是何時發生。發生與講述似乎在彼此之間上下翻騰、滾動，有如曾經走訪他老家村落的空中飛人，像車輪的幅條一樣轉動著紅腿與藍腿，轉啊轉的，越來越快。

艾利不是傻瓜。他知道今天是星期幾，也曉得自己終有一天會死去。他知道自己擁有多少錢，知道如何避開可能會把錢從他身上奪走的人們。他知道自己住哪裡，還有他養的小狗叫什麼名。

他有所不知的，真的不清楚的，是他自己從哪裡開始，而故事在哪裡結束。他要如何曉得？自以為知道的人們依據明顯可見的事情來定義真實，也奉勸艾利照做。他很樂意配合，不過，對他們來說顯而可見的對他來說亦同。但對他來說顯而易見的，對他們而言卻不是。

艾利敘說故事。他把自己放進故事裡。一旦到了那裡，他就無法輕易再走出來，而他說過的故事就會跟著他要吃的晚餐一同烹煮，也會包覆在床鋪的布單周圍。他是什麼、他編造的東西，都成為同一故事的一部分，一個連續不斷的故事，連出生與死亡都只是標記、暫止與節奏的改變。出生和死亡變成新的語言，如此而已。

那些天真的人們搖搖頭說，等艾利埋葬入土，他的故事就會走到盡頭，也是他個人的終結。

會嗎？還是說，會轉移到其他的嘴巴與其他的傳說，而艾利會隨著他口中的傳說繼續滾動？

真的要放棄？

地圖。寶藏。

一四六〇年，教宗碧岳二世的孫子喬凡尼．達卡斯綽從拉凡海岸回到義大利。碧岳在自己的回憶錄描述事情經過。

喬凡尼步行穿越林木蓊鬱的山脈時，碰巧遇上了某種奇怪的藥草。他很詫異地注意到，類似的藥草生長在亞洲的山脈，讓土耳其得以因為明礬而豐富了國家寶庫。他也觀察到看似含有礦物的白色石頭。他咬咬其中一塊，發現含鹽。他嗅了嗅，經過實驗而產出了明礬。

接著他去找教宗，說：「今天我為你帶來壓倒土耳其人的勝利。因為明礬，每年他們都從基督徒那裡榨取三十多萬達克特[40]，而明礬正是我們用來把毛料染成各種色彩的東西。在義大利，遍地都找不到明礬，只有普帖歐里附近的伊斯基亞島產有少量，這裡的存量在古代就被羅馬人耗去不少，幾乎就快用光。」

「可是，我發現有七座山脈富含這種原料，多到足以供應七個世界……」

喬凡尼接手敘述這個故事。

我整天都在尋找情婦遺落在我寢室裡的一只珍珠耳環。到了傍晚，我坐立不安、意志消沉，完全拿不出辦法來。我走到外頭，沉思我們的這段人生，從出生到死亡似乎是

---

[40] Ducats是古代歐洲所用的金（銀）幣名。

個穩定的失去過程，由突然的獲得與快樂所掩蓋，說服我們會有好運到來，但於此同時，沙漏其實一直都在清空當中。

「啃石頭當麵包算了。」我自言自語，拿起一顆岩石啃嚙起來。是鹹的。就在那時，我開始了對那座山的探勘。

當我發現，能夠供應我們最需要也最缺乏的資源的，不是一座，而是七座山，而且每座都很豐足！想像我有多麼驚奇。我自小就在那些山裡漫步，原來我從小就在自己一直夢想擁有的財富與前景上方來回走動。

我苦苦尋覓的一切，原來打從一開始就在我的雙腳之下。

這個世界是映照心靈豐饒的一面鏡子

重新啟動

地圖。寶藏。

沒有網景領航員[41]可以幫我在人生裡找到出路。我必須自己著手，而我的幫手往往來得出其不意，也很稀奇古怪。當然了，我可以踏上事先規畫的路線，就像你在公路上買到、告訴你該往哪走的那些東西。有很多事先排好的行程和預定的短途旅程。我無須錯過古代歷史遺跡或是世界遺產場址。只要跟著路徑標示走，我甚至可以偏離路線。如果我想來一場遊獵探險，可以在安全無虞的吉普車上進行，可是我絕對不能、絕對不能踏出去和獅子大眼瞪小眼。

為什麼不行？

牠們會把我吃掉。

一頭獅子最近吞了一位遊客。後來獅子遭到誘捕與射殺。獵人把牠剖開時，在牠的胃裡找到了整條腿、腳和運動鞋。還有一本警告遊客注意獅子危險的小冊。

獅子是危險的。確實如此。

獅子生活在荒野裡。確實。

要是不經過獅子，我還能怎麼找到應許之地？

無法保證我會找到自己正在尋覓的東西，那樣就能嚇阻我嗎？這個時代，我們人人都想得到保證。壁癌、銀行存款、洗衣機、電腦合規性[42]、系譜狀態、去汗劑、婚姻及手電筒電池。這是因為人生根本不帶任何保證而來嗎？

沒有保證。我就是必須冒險。

---

[41] Netscape Navigator 是一種網路瀏覽器。

[42] 原文為 computer compliance。

多年多年以前的某天，我試著從廢料屋逃出來。我拿了把扶梯，靠在將我們圍在裡頭、使世界隔絕在外的高牆上。距離扶梯頂端只剩三階時，下方傳來搖搖晃晃的感覺。我不用低頭就知道母親正拚命想把我像樹上的蘋果一樣搖下來。

「快下來！」

我往下爬，一著地，母親就摑了我兩下耳光。

「你以為自己在耍什麼把戲？」

「我想看看荒野。」

「那裡什麼都沒有。你明明曉得。」

「如果那裡什麼都沒有，就沒有東西傷得了我。」

「空無一物是最危險的了。」

「為什麼？」

「要是那裡空無一物，你就會編造東西。你無法忍受那種空虛的。那裡還是空虛的，可是你會告訴自己不是。」

「我告訴自己的事情是真的。」

「你告訴自己的事情是故事。」

「這就是故事：你、我、廢料屋和寶藏。」
「這是真實人生。」
「你又怎麼知道？」
「不會有人願意付費觀賞。」

她掉頭要走進破爛的房子，接著又旋身面向我。
「那我願意付出任何代價，就為了別過這種生活。」
「別過啊。改變它嘛。」
「你就是不懂，對吧？」
「懂什麼？」
「這就是真實人生。」

然後我想到我倆。多年之後，你與我在巴黎，你似乎在說我們擁有各種選擇、各種機會。你表現得彷彿自己是自由之身，但你是勒贖信。而我付費觀賞。我觀賞你的手指、你的紅脣。我觀賞你卸下衣裳。我沒看到你離開。

後來我依然繼續付費，我從未數算過代價。你是值得的。一次又一次，你都是值得的。我的心擁有無限的資金。來提領吧，儘管耗光吧，把我往下拉到你的身上。要多少？一切？沒問題。

閃閃發亮的河流與柔軟的傍晚是一種承諾。這個世界才剛開始，才一天大。是我們相遇的那天。那個承諾就是，世界永遠會重新開始。過去的累積都無法阻止它。另一天。再一次機會。

沒人相信這個嗎？你就不相信。不管我付出什麼，都無法放你自由，因為你無法放自己自由。你任性而為，卻依然想循規蹈矩。

我想到我倆，那日午後在巴黎，從雨中逃脫之後。太陽現身，人行道水光閃閃。街道彷彿鍍上水銀，化成了一面鏡。我們可以看到建築物、雕像和自己的臉龐，在羅浮宮的玻璃金字塔上、雨水的光滑平鏡上繁殖增生。

那是在洪水之後。往昔已然淹滅，但我們獲救了。在鏡子的無數可能性中，我們原本可以選擇自己想要的任何方向。

雨滴從我們外套下緣以及你髮絲的垂墜重量紛紛灑落。每顆都是完整的世界，是握有我們未來的機緣水晶球。任它們落下吧。有如此多、如此多的機會，如此多的未來。我把雨水從你額頭撥開，多重的永恆應聲碎裂，回歸當初形成它們的水域。我們是頻頻滴著多重世界的多重宇宙。我們必須做的，就只有選擇。

「諾亞以前一定也有這種感覺。」

「渾身溼透嗎？」

「是自由自在。」

想像一下。

洪水漸漸退去，方舟停在亞拉拉山上。鴿子啣著橄欖枝歸來。

想像一下。

多年之後，積水已退去許久，土地豐饒多時，那艘船卻依然在高處，像個記憶點似的擱淺在山巔上。

我回頭望去，驚異不已。我幾乎不敢相信它就在那裡，荒謬又不可思議地見證了從未發生過的事情。

可是它真的發生了。我們親身經歷。

眾多的水域也無法熄滅愛情，場場洪水也不能淹溺它。

你和我手挽手穿越街道，像是從星宿中旋離出來的一對雙子星座。

整片大地就在我們面前。那一天對過去與未來是無知的。沒有決定、沒有提示，只有那一天，而我們身在其內。

身穿番紅花色道袍的兩位佛教徒正在攜帶型的神龕前方誦唱與舞蹈。

「活在當下。」你說。

「什麼？」

「學佛教徒那樣。」

我笑了。我知道你說得對。你花了整天說服我你是對的，而當我和你同床，就是在那個當下、在那個對的狀態裡。

你和我相偕穿越街道，我們的腳印似乎在水裡燃燒。前行的時候，往上蒸騰的熱氣團團將我們圍繞，彷彿我們的雙腳都裝上了蹄鐵。

是裝上蹄鐵，或是受到烙印？你那天將我做了記號，沒有任何事物能讓那個傷口冷卻下來。

儲存

入夜。

我在斯比都菲爾的家裡。我住在店鋪上方。店招上面只寫了VERDE，沒人看得到店裡的模樣。老舊木框上的大窗戶，下半部的窗玻璃用布簾遮了起來。鐘滴滴又答答，但只是乖乖照著時間走。影子映在天花板，熊頭、一把刀。

片刻之後，我就會下樓走進那家店，開始編寫某人明天想要的故事。我希望到時一拍即合。

於此同時，都市裡的男生流露返家時間已到的神情，正鬆開領帶，逐漸將網路股市收盤價拋諸腦後，準備去暢飲一杯。隔壁的熟食店還在忙著弄帕瑪火腿切片。我下樓的時候可以聽到刀刃的霍霍聲。

匆匆朝外一瞥，有霍克斯摩爾教堂、荷蘭銀行，經營咖啡小巴的矮小男人正要收攤回家。市場人去樓空，下了班的商人在巨大的空間裡玩壘球。

我及時關起門，以便躲避開膛手傑克的導覽團。我家就在參觀路線上，學生、退休人士、踩著跑步鞋的認真美國人，全擠在店面外頭，瞪著護窗板上的舊告示，滿臉入迷地直瞅前門，幾乎相信開膛手會走出來，打扮成助產士、護士、牡蠣攤商，或是他用從店裡拿走的道具所做的任何偽裝。

馬路對面，吸血鬼德古拉導覽團正在暖身。為什麼會這樣我實在不曉得。斯比都菲爾距離川西凡尼亞或惠特比[43]都天遙地遠，即使在羅馬時代，也從來不曾瀕臨海岸。

不過，這是棟老房子。

[43] Transylvannia是位於羅馬尼亞中部的歷史地區；Whitby是英格蘭東北部的小漁港。兩者都與愛爾蘭作家布蘭姆．史鐸克的吸血鬼小說《德古拉》有關。

我頭一晚在這裡過夜時睡在地下室。在不確定時辰的夜半時分，聽到腳步聲乒乒乓乓走下樓梯。我坐起身喊道：「誰？」

沒人回答。我躺回去，很確定自己並非獨自一人，接著有隻手溫柔地握住我的手，就在手腕上方的脈搏之處。彷彿是要查明我們當中有誰活著，半晌之後，那隻手放開了我。不管它是什麼，都站在床畔呼吸。

這是棟老房子。

如果你要來這裡，先把時間忘掉吧。午後將近的時候撳響門鈴，你就會發現這家店一如既往，保守祕密，提供你錢財買不到的東西。一晚的自由。

你會獨自站在店裡，望著一套套盔甲、軍靴、修女頭巾、插在尖桿上有如斷頭的假髮。然後我會現身，對著你微笑，一邊等候。等候那個時刻的開始。

你說想要變身。

我在樓下打開螢幕電源，望著熟悉的空白空間朝我浮現，等著被人填滿。空白空間就是我的專屬領域。

故事就在這裡……

雨水和玻璃一樣稠密。連日以來，我彷彿都在玻璃盒裡面吃喝、睡覺與走動。我覺得自己恍若聖人的遺骨，像來自東方的珍奇異品。我瞪著監禁我的流動牆壁，可以走動但無法逃離。

森林裡，每種固態的東西都會變成水的對等物。不管我抓起什麼想買的——根、枝、石——全都一一溜出我的掌心。我的手指抓不住任何事物。樹葉深堆的森林地面是棕色水流的移動浮筏。樹木就是水柱。在液態的森林裡，我是唯一固態的，而我的輪廓已開始和不是我的其他輪廓融合在一起。我一而再、再而三喃念自己的名字：「**奧蘭朵！奧蘭朵！**」

我希望我的名字能夠容納我，可是聲音本身似乎從我的舌頭逃逸，一個個字母落入了腳邊的池子。我再試一回，但當我把手往下探入水池，我的名字已經消失。

「我在這裡幹麼？」

我深愛的女人被騎士強行架走，朝著這個方向策馬奔馳。如果我不找到她，我永遠也找不到自己。如果我不找到她，我會死在這座森林裡。水中之水。

穿過樹林的前方會有什麼？

我來到一座宮殿。那裡沒有狗、哨兵，路途暢通無阻。我用手背抹過雙眼，將雨水拂開，雨勢已經減弱到可堪忍受的地步。當我在宏偉的鐵柵門旁邊猶豫再三，聽見她呼喚我的名——「奧蘭朵！」我不再猶豫，拔腿衝入宮殿，拔劍出鞘，準備迎向死亡、準備迎向生命，再次感覺到自己，再次曉得了自己的姓名。

宮殿荒廢無人。我跳上階梯，使勁把門踢開，叫喊、迴身、停頓、傾聽。挾持她的人一定把她遺棄在這裡了。這裡沒有危險。我只需要把她找出來。

一間一間搜尋。馬廄、庭院、涼廊、地牢、高塔、廚房、洗滌間、軍械庫、圖書館、食品室、釀酒室、金庫、禮拜堂、槍室、馬具室、魚池、穀倉、冬季衣櫥、乘涼小屋、僕人住處、地窖。

我再也無法確定房間到哪裡結束，而我從哪裡開始。我遍處搜索的似乎是我自己。我每打開一扇門，就是與虛空的一次對峙。有些房間經過裝潢，有些沒有。全都空空如也。

真是這樣嗎？

許久之後，我才注意到他人的身影。他們如同我，拔劍出鞘、一心一意在城堡裡尋尋覓覓。

有個男人老把掛毯翻掀起來，每天都會掀起每張掛毯。他會躡手躡腳接近某些掛毯，用食指和拇指掐起角落往上提起，對另一些掛毯則是猛力撕扯、大喊大叫或使勁戳刺。每隔三天的正午，我會在第三道階梯與他錯身而過。他不曾瞥我一眼。

不久我就領悟到，人人各有自己的運作系統，由一次次飲食或休憩所設計而成。我們每個人都是獨來獨往、專心致志，把這座宮殿化為個人的迷宮。我們對它，比對情人的身軀更加熟稔。我們對它的認識比對自己更為深入。它就是我們自己。對我們每個人來說，這座宮殿都有個私密的意義，是其他人無從知曉的。

我來對你說件怪事吧：不管我們其中一人何時因為疲憊不堪、死心斷念而轉身想離開（這裡的門永遠敞開，無人遭到囚禁），那人就會在剎那間見到自己所尋覓對象的幻覺：他的戀人、他的鷹隼、他的馬匹、對他房子縱火的那幫強盜。他會聽到人聲，乞求他、懇求他、嘲弄他。如此一來，在他原本即將捨棄個人迷宮的那一刻，就又回來了。興奮篤定，細細搜尋魚池、涼廊、洗滌間、衣櫥和……

告訴你：宮殿是空的。也就是說，裡面根本沒有人人在尋覓的事物，只有滿滿的尋覓者。

有天，某種不同類型的男人來到宮殿。如同我們所有人，他也被自己欲望的幻象引誘過來。他原本正在追捕偷走他駿馬的農家男孩。當艾斯托佛氣喘吁吁登上宮殿，馬上明白此地被下了魔咒。不管他往何處望，都會看到一個男人，然後又一個男人。他們對其他人都不理不睬，像傻瓜一般毫無理性在走廊之間急急奔走。

艾斯托佛把正門的大理石階往上一抬，整座宮殿隨即消隱無蹤，徹底失去蹤影。

你可能以為這樣會使他變成英雄，但魔咒並沒有那麼容易破除。我們驚奇不已，望著四周空蕩蕩的田野，頓時在艾斯托佛身上發現我們各自徒勞、尋覓多時的東西。我們有些人試著向他求愛，其他人則想辦法要殺掉他。可憐的男人，在我們的窮追猛打下被折磨得半死不活，最後勉強拉出一支哨子、吹出尖銳的聲響。

一切到此為止。那個音符刺穿最後的假象，讓我們看出了事情的真貌。我們沒多少話好說，當分道揚鑣、各自上路，幾乎不瞧對方一眼。有些人往東走、有些人往西行；有些人上山去，有些人回到自己的城市。

我是最後一個離開的。

我伸出手去感覺隱去的牆垣。宮殿已經消失，或者說，它不再存在於我的自身之外。階梯、走廊、廳堂、房間、桌燭，甚至是我曾經從用膳室窗戶拋出的芥末罐，全都再次收折，進入心靈的隱藏處所。

我形單影隻。原子與夢境。

螢幕黯淡下來。房間深深籠罩於陰影之中，外頭傳來各種聲響，但我全都無法辨識。世界已折疊起來，我想我們再度回到了河上，望著週五夜間車輛所形成的帶狀光流。我可以看到翻騰的棕色河水，還有沉入碼頭下方水中的笨重灰石，它總是比你想的更深。沒人到過河底，有時退潮會出現一把明火槍、一支長劍、一只耳環、一枚羅馬時代的骰子，或是一則故事。

是的，總是會有一則故事，從河水中篩濾出來。

幾年前，我在本世紀潮水最低的時候來到泰晤士河。一九九八年一月十九日。原本的寬闊河流已緊縮成一道金屬般的細條。我往下走到河流應當存在的地方，那條隱形河流彷彿將我整個人包覆起來。我以為自己就在它當中行走。

每跨出一步，腳下都會傳來嘎吱嘎吱的堅硬聲響。我緊張地把手指探入淤泥，撈出了一把圓球，外頭恍如視網膜，覆了層薄膜。那是瓶塞，十九世紀拿來塞住瓶口的彈珠。我把來自往昔的小小膠囊放進口袋後，繼續前行。

也許事情就是這樣。生命平順流過記憶與歷史，過去會不會復返，端賴潮水狀況。歷史就是一組穿越時間、被沖刷上岸的尋獲物件。貨物、構想、人物朝著我們浮現，繼而沉沒不見。有些我們勾取出來，其他我們則不予理會，而且就在圖樣變換之時，意義也隨著改變。我們不能倚賴事實。時間會歸還一切，也會改變一切。

這樣的古怪潮水翻掘出來的事物超過我們所預期。人生的真貌就是這樣。一團混亂、一次機會、瘋子翻天覆地的房間。在外頭，我可以看到掉了門的冰箱、一圈鐵絲網、有人從橋上推下來的購物車。我可以看到沉重的船錨綠鏽斑斑、黏滿了藤壺。有老倫敦的腐爛木樁，就是以往打入地裡、用來拴繫船隻的樁柱。現在那些木樁看來就像菸草塊，棕色、崩解、潮溼。

樁柱的下方肯定會有故障的手槍槍管，還有積藏一堆的牡蠣殼。更有陶笛、撞球、一捆棄置的衣物。一個身分的結束、另一個身分的開始。

解釋逐漸流失。歷史是個瘋人的博物館。我想我知道，我想我瞭解。但這全由潮水來支配。

入夜，螢幕處於休眠狀態，但我遲遲無法入睡。我拿起外套，踏出家門往泰晤士河走去。

此時會是退潮時刻。

河流中央有一抹光。我想我可以走到那裡，一路經過缺了橡皮腳輪的病床、路過依然吊著掛鎖的水手私人儲物箱。走過嬰兒床和可以塞滿整個臂彎的啤酒杯。我走著，在洋芋片空袋和閃爍的碎玻璃之間穿梭。我走著，現正跋涉入水，往外走得太遠。

那抹光就在那裡，但不是往下映照，而是朝上發光。它就在淤泥裡，在河流的紅色中，從河底往河面照出了一束垂直的光。

這條河汙穢不堪。好多個世紀都曾灌注其中。這就是過去，穿越時間灌注進來，然後被往外帶到大海。古代長毛象曾在淺淺的沙岸上飲水。這是一條羅馬時代的河流，伊莉莎白時代的河流，這是一條通往千禧巨蛋的路徑。

我將雙手浸入水中。液態的時間。

而且我想：「回家吧，把那個故事再寫一次。繼續寫，因為總有一天她會去讀。」

你可以改變那個故事。你就是那個故事。

沒有換日線、沒有子午線、沒有燃燒氣體的星辰、沒有星球的推移、沒有地球的運轉，也沒有太陽的紅銀河。在此判讀時間。愛，就是時鐘的管理人。

我解下手錶，拋入河裡。

時間將它帶走。

你的臉、你的雙手、你身體的挪動……

你的身體就是我的時間之書[44]。

將它打開。閱讀它。

這，就是貨真價實的世界史。

（全書完）

[44] Book of Hours 又稱「時禱書」或「禱告書」。中世紀在北歐基督徒之間盛行的私人祈禱書，是附有彩繪裝飾的手抄本。

木馬文學 072

The PowerBook：你的身體，我的時間之書（原書名：筆電愛情）

作者　珍奈・溫特森（Jeanette Winterson）
譯者　謝靜雯
社長　陳蕙慧
副總編輯　戴偉傑
特約編輯　林立文
行銷企劃　陳雅雯、尹子麟、洪啟軒
電腦排版　極翔企業有限公司

讀書共和國集團社長　郭重興
發行人兼出版總監　曾大福
出版　木馬文化事業股份有限公司
發行　遠足文化事業股份有限公司
地址　231新北市新店區民權路108之4號8樓
電話　02-2218-1417　傳真　02-8667-1891
email: service@bookrep.com.tw
郵撥帳號　19588272　木馬文化事業股份有限公司
客服專線　0800221029
法律顧問　華洋國際專利商標事務所　蘇文生 律師
印刷　呈靖彩藝有限公司
二版　2021年1月
定價　新台幣350元

ISBN 978-986-359-785-8

國家圖書館出版品預行編目(CIP)資料

The PowerBook：你的身體，我的時間之書 / 珍奈・溫特森(Jeanette Winterson)著；謝靜雯譯. -- 二版. -- 新北市：木馬文化出版：遠足文化發行，2021.01
面；　公分. --(木馬文學；072)
譯自：The powerbook
ISBN 978-986-359-785-8(平裝)

873.57　　109003382